JN307480

仇討ち

池波正太郎

角川文庫
14800

目次

うんぷてんぷ

一

いとこの福田弥太夫《やだゆう》がへやへはいってきた。

夏目半介《はんすけ》はすわり直し、

「わざわざ、どうも……」

ぴょこりと頭を下げるのへ、弥太夫は、立ちはだかったままとげとげしく、

「おい、半介。国もとのおふくろさまがなくなったぞ。この正月十五日の夜ふけだったそうな。おぬしの耳へは、まだはいってはいまい」

「そうでしたか……知りませぬでした。わたしは、おととい、越後《えちご》から江戸へもどったばかりなので……」

きのう、藩邸へ弥太夫をたずねたときには――門番が、あす、この船宿で待てとのいとこの伝言を取り次いでくれただけだ。母のことは何も聞いていなかった。

「そうでしたか。とうとう……そうでしたか」

神妙にうなずいてみせてはいても、半介には、母の死が衝撃となって胸を打ってはこない。十年もまえからこの日が来ることは覚悟していたし、母の死に目にも会えぬと決めこんでいたのだ。

むしろ、背負っている重荷の半分が振り落ちたような、ホッとしたものが半介には

あった。

弥太夫は舌打ちをし、ちょうど顔を出した女将《おかみ》に酒を命じてから、半介と向かい合ってすわった。

「おふくろさまも、さぞ残念であったろうよ。なあ、半介——そうであろうが——」

半介は、首うなだれ、黙念としている。

弥太夫は舌打ちを繰り返した。

あけはなった窓の向こうの大川の水は、初夏の日ざしを吸ってふくらみ、ツバメが飛びかっている。

どこか遠くで、あめ屋の太鼓が眠たげに鳴っていた。

骨格はたくましいが、肉の薄いからだにあかじみたあわせをまとい、よれよればかまのひざをそろえ、しょんぼりとうつむいている半介の顔には長年の旅のほこりが日に溶けて、こびりついているかのようだ。

「どうなのだ？　少しは見当がついたのか」

「かたきのことか？」

「決まっとるではないか！」

あまり気力のない声をおもわず出してしまった半介に、弥太夫は興奮したらしい。

みるみるこめかみに青筋をたてて、

「少しはわれら親類どもの身にもなってみろ。おぬしが路用の金を藩邸へ取りに来るそのたびに、おれもおやじも寒けがする。いや、金のことをいうておるんではない。現に、現にだ、おぬしがきのう藩邸へ来たことが殿さまのお耳にもきこえたとみえ、けさな、殿さまがご家老の野方様におききあそばされたそうな……夏目半介は、まだかたきが討てぬのか——こうおっしゃって苦笑いをあそばされたそうだ、苦笑いを……それをまた、聞こえよがしに、おれの耳へ入れるやつがおる。肩身が狭いやら、外聞が悪いやら、じつにたまったもんではない。とにかく、とにかくだ……」

荒々しく言いつのるいとこのことばを、かしこまってうけたまわる態度を見せてはいるが、半介は腹の中で別のことを考えている。

かたきの笠原孫七郎《かさはらまごしちろう》は、半介より八つ年上だ。天明《てんめい》四年(一七八四)のことして、五十六歳になる。病気かなにかで、もう死んでしまっているかもしれないのだ。

今までは、故郷で寂しげにひとりむすこがかたきの首討って帰るのを待ちかねている母親のことを思うと、半介も惰性的ながら、なまけっぱなしでいたわけでもない。

(だが、母も死んだ。こうなると考えねばならんぞ。おれも年だ。野たれ死にはしたくないからなあ)

なにしろ、三十年も捜しまわって見つからないかたきだ。もう望みはないといえる。

現在の半介は、生活のかてを得るための労働もしていた。約二年めごとに親類からもらうあだ討ち費用の金も遊ばしてはおかない。

けれども、そんなけぶりを、いとこの弥太夫には針の穴ほどものぞかせてはならない。親類から出る金は唯一無二の金づるだ。

　はじめの十年ほどは激励もし、金も快くくれた親類や主家の態度が、目に見えて冷淡になり、硬化してきているし、いずれは、この金づるも絶ち切られてしまうことだろう。

（だがな、もらえるまではもらいに行くぞ）

　半介も今は腹をすえていた。弥太夫の皮肉やいやみには、もう慣れきっている。

「……よいか。だからな、半介、これからはだ、じかに藩邸へ来るな、みっともないから——手紙にしろ、手紙に——そうすればだ、こうした船宿なりどこでなり、おれのほうから場所を決めて出向く。いいな」

　まえにもそういわれた。手紙を出したら、返事もくれなかった。（くそ！）と思って藩邸へ出かけていったら、弥太夫め、顔色を変えて飛び出してきたものだ。よくものめのめとつらが出せたものだ、といいたいところだろうが、藩邸へ直接に来られては、体面上、親類としてほっておくわけにはいかない。

　しぶしぶくれる金も、近年は、まるでむだに半介へくれてやるような気がしているらしい。

「とにかく、早くだ。かたきを見つけろ。なあ、半介。このままでは、おれのほうも、とてもたまらん」

「すまん！」

半介は、急に、伏せていた目を白くむき出し、のどをひきつらせ、悲痛に満ちた声を絞り出した。

「わたしも、わたしもなあ、もう汗みどろになって、いっしょうけんめいに孫七郎めを……なれど弥太夫殿、日本国じゅう、この足が踏まぬ土地はないまでに歩きつづけ、捜し求めても……天は、天は半介に味方をしてくれぬのです」

半介の鬢《びん》の毛が、むさくるしくほおのあたりに乱れ、ぶるぶると震えている。

弥太夫は目をそらした。

けっきょくは、ここまでくると、弥太夫も（こいつもかわいそうだ、考えてみれば……）と、思わざるをえなくなるのだ。

半介の父、夏目宗右衛門《そうえもん》は、信濃《しなの》松本六万石、松平丹波守《たんばのかみ》の家来であった。

宝暦《ほうれき》四年五月十九日の夜――宗右衛門は、藩士服部《はっとり》某邸で催された囲碁の会に招かれ、その席上、同じ組の下役、笠原孫七郎に斬殺《ざんさつ》された。

理由はつまらぬことだ。対盤上の口論にすぎない。

負けつづけ、いらだっていた孫七郎は、勝ちつづけてきげんのよい宗右衛門の軽い揶揄《やゆ》に逆上した。ひとことふたことやり合ったかと見る間に、孫七郎はいきなり脇差《わきざし》を抜き放ち、宗右衛門の耳下から首にかけて切りつけた。その刀を狂人のように振りまわしつつ、孫七郎は庭のやみへ駆け込み、逃走してしまったのである。

一太刀《ひとたち》ながら重傷であった。宗右衛門はまもなく絶命した。

半介は当時十八歳。好むと好まざるとにかかわらず、父の無念をはらさなくては、夏目家の存続は不可能である。それが武家のおきてだ。半介は、若党の木村百次郎《ももじろう》に付き添われ、かたき討ちの旅に出発した。

藩主丹波守光徳《みつやす》は、かたきを討ってもどるまでの間、半介の母のいねに二人扶持《ぶち》をくれた。

故郷を出て十一年めに、若党の百次郎が逃げた。もうかたき討ちに飽きてしまったのだろう。

（うぬ！　恩義を忘れた犬畜生め!!）

当時は、目に見えぬかたきの刃《やいば》と対決して、緊張した年月の流れを、ひた向きに押し渡っていた半介だ。怒りも激しかった。しかし、現在、どこかで百次郎を見かけたら、「どうした。元気でやっているか」と、肩をたたいてやるつもりでいる。百次郎も生きていれば六十をこえていよう。永久に肩をたたいてやることもできまいが……。

「とにかく、これだけ持参した」

弥太夫が金包みを出した。

「このごろは、おれのところも苦しいのでな」

「申しわけない」

半介は両手をつき、頭をたれる。そこへ酒がきた。

「おれは帰る。ご用繁多《はんた》なのでな」

あわただしく杯をやりとりして、すぐに弥太夫は立ち上がった。

「残りの酒は、わたし、いただいてよろしいか。酒も一年ぶりで……」

酒も飲まずにかけずりまわっているというところを見せる半介であった。

むっつりと廊下へ出た弥太夫の背中へ、半介の声が生臭く追いかけてきた。

「伯父上《おじうえ》にもよろしゅう、半介、必ずや孫七めの首を……」

返事もせずに弥太夫が去ったあとで、半介は大あぐらをかき、ペロリと舌を出した。

すぐに金包みをあけてみる。

（十両か。このまえのときより、五両も削りゃあがったな）

薄笑いして金包みをしまいこむ半介の面貌《めんぼう》に、苛酷《かこく》な運命を背負って生きながら、その苛酷さを習慣として身につけてしまったもののふてぶてしさがにじみ出てきていた。

「見つからねえものはしかたがねえ」

半介は、そうつぶやき、杯をふくんだ。

ぼんやりと、大川をすべる櫓《ろ》の音を聞きながら、半介は、ふっと、子どものころに母が打ってくれたそばの味を思い起こそうとした。

思い出せなかった。

二

三年ほどまえから、夏目半介は親類からもらった金を、両国《りょうごく》の盛り場でつじ講釈をやっている〔とんぼきりの陣六〕という老人の女房おこうに斡旋《あっせん》を頼み、貸し金に回していた。

三十年も放浪生活をしていると、旅芸人や香具師《やし》、小どろぼう、行商人等、こうした知り合いがふえるともなくふえてくる。良いやつもいる。悪いやつもいる。かれらを通じてかたきの所在を探ろうと、かつての半介が努力したことはさておき、半介もかれらの好意や同情を利用して生きていくすべを学ぶとともに、手痛いめに会わされたことも数えきれない。

古いなじみの陣六夫婦などは信頼のおけるほうだ。貸し金の利息の半分を手数料としておこうにやるというばかに割のいい契約なので、ばあさんにとってはけっこういい内職になる。先年、盲人の官金貸しがとがめられ、町奉行所に引き立てられた検《けん》校《ぎょう》や座頭《ざとう》も多かったが、おこうのやり方は、それほどにあくどく高利をむさぼるというやつではない。利息も払いやすく低率だし、また金主が半介なのだから、貸し金もしれている。

おこうが相手にするのは、どうせ、その日暮らしの裏店《うらだな》階級だ。そのうちでも日銭のはいる物堅い連中が突発的な病気や不幸に見舞われ一両か二両ほしいというときに、よくよく人がらを見きわめてから貸すのだ。今までにまちがいはなかった。ちなみにいえば、物価の高い江戸でも一両あれば親子五人が大いばりで一か月食べていけた時代である。

半介は苦労してためこんだ資金の三十両をおこうに任せ、江戸へもどったときに利息の上がりを受け取る。それに自分が労働して得る賃銀を加えれば、一年をみじめに送らずとも済むようになってきていた。

いとこの福田弥太夫には「越後からもどってきたばかり……」などといってはいても、近年の半介は、あきてもいるし、からだにもこたえるので、遠い旅は避けている。

夏季には、それでも下総《しもうさ》へ行き、行徳《ぎょうとく》の塩田に雇われるし、種々雑多な行商なども平気でやる。あらゆる街道のあっちこっちで、夏目半介の顔は、かなり売れているのであった。

半介は江戸へもどると、浅草阿部川《あべかわ》町の本立寺《ほんりゅうじ》という寺に寄宿している。むろん、一文もいらない。

これは、ずっと以前に、東海道を下る道中で知り合った住職の玄良和尚《おしょう》の好意によるものだ。

深川の船宿で、いとこ弥太夫と会うことになった朝に、半介が六軒町の長屋へたずねていくと、

「やあ。半年ぶりだね。どこへ行ってなすった？」

はげまじりの総髪にくしを入れていたつじ講釈師の陣六が、飛び出してきた。

「ちょいと上州を回ってきた」

「かたき笠原孫七郎のそっ首、いまだ打ち落とすてぇわけにはまいらなかったようだなあ」

「もう、おれは、あきらめとるんだ」

「まあ、上がんなさい。ちょうどいっぱいやろうと思っていたところだ」

腰が痛むとかで床についていた女房のおこうも起き出して、酒のしたくにかかった。夫婦とも五十を越えてなお血色盛んな大男大女で、半介には好意を寄せている。冗談めかす口の裏では、ふたりともそれぞれに、笠原孫七郎が江戸にいたらと、聞き込みをしたり、探りまわったりしてくれているのだ。

半介も若いころは、こんなにたやすくかたき討つ身を他人に口外したりはしなかった。討つ身すなわち討たれる身だからだ。

向こうも、つけねらわれる恐怖から一時も早く脱け出したいのだから、こっちにすきがあれば先手をとって、必ず返り討ちをしかけてくるにちがいない。

討つほうも討たれるほうも、隠密《おんみつ》に隠密にと動き、追いかけ、逃げまわるのがかたき討ちの実態なのである。

(だが、今のおれは、むしろかたき討ちを暮らしのてだてとして利用するようになってしまったなあ)

恐怖や執念もあまり長い年月にさらされてしまうと、そのむごい境遇が、むしろひとごとのように思われ、現実感を喪失してしまうものだと、半介は知った。

それよりも、日常の生活手段に奔命することのほうが、今ではさきになってしまうのだ。

（バカやろうめ。たかが勝負ごとに負けたからとて逆上し、おれのおやじを殺したばかりに……孫七郎、きさまもおれも、とんでもない一生を送ってしまったわ）

おこうのすすめる酒を飲みつつ、半介はいつも考えることをまた考え、ゆううつになってきた。

三人で飲みつづけ、利息の上がりを分け合ったりしているうちに、おこうが、こんなことを陣六に話しはじめた。

「お君のあまが、けころへ帰ってきたそうだよ。腰の痛みがなおりしだい、さっそくに踏み込んで、今度こそけりをつけなきゃ、あたしアおさまらない」

そのお君という女に、半介の金を三両二分ほど貸してあるのだという。ところが、女は利息も払わず、この正月に雲がくれをしてしまい、やっきになっていたところ、上野山下の〔けころ〕で商売しているのを、同じ長屋に住む菓子行商の儀八が見かけたというのだ。

〔けころ〕というのは一種の娼家《しょうか》で、まえにもお君はそこで働いていたことがあるらしい。

「年はくっているが、なんともいろっぽい女でねえ、だんな。それに、ものごとに親切できまえもいいというので、この長屋でも評判の女だったんですよ」

女ひとりでぶらぶらしているからには、どうせまともな――と思ってはいたが、「おばさん、おばさん」となつかれ、鼻薬もかがせてもらっていたらしいおこうは「いなかのおとっつぁんが急病で、どうしてもお金が……」と頼まれると、断わりきれずに金を貸した。貸して十日もたたぬうちに、女は所帯道具いっさいも置き放しで、サッと消えてなくなったのだそうだ。

「見かけによらねえ太えあまだったよ、ほんとうに――腰がなおるまで待っていたのじゃ、また消えちまうかもしれない。そうだ。おまえさんが、行っておくれよ、あしたでも――夏目のだんなに申しわけないからさ」

おこうは顔をしかめて腰をたたきたたき、陣六にそういった。

「おれがか？――いやだなあ」

陣六は、さっぱり気が乗らない。

半介は、酒の茶わんを置いていった。

「よし。深川でいとこに会って、その帰りに、ひとつおれが行ってみよう。逃げられては三両ふいになる。おれにとってはたいせつな金だ。捨てちゃあおけない」

「そうしてくれますか、だんな――」

前にも自分から取り立てに行ったこともある半介だが、おこうは念を押した。

「ちょいと男から見たら、たまらねえところのある女ですからね。鼻毛を抜かれちゃあいけませんよ、だんな――」

「ふん。そんなあめえのと、おれは違うよ」

三

深川亀久橋の船宿を出た夏目半介が、青く晴れわたった初夏の空の下を、暑苦しく編みがさをかぶり、永代橋から日本橋へ出て、まっすぐに上野山下へやって来たのは八つ半（午後三時）ごろになっていたろう。

広小路の盛り場の雑踏にもまれ、黒門口へ抜けてきた半介のからだは、汗びっしょりになっていた。

（夏だな、もう……）

こざっぱりしたひとえも持ってはいるが、きょうはわざとあかと汗の気ふんぷんたるあわせを着込んでいる半介であった。そのほうが、いとこから金をもらうにも、女から金を取り立てるにもききめがあるからだ。

母親の死は、半介の気分を重くしたが、歩いているうちにそれも散った。

（いまさら、悲しんだところで、悔やんだところではじまるものか。おふくろさまは、おれが十八のときに国を出たそのときに、死んでいたともいえるわけだものな）

そう思い捨てるよりほかに道があるというのか……。

袴腰《はかまごし》の石がけに沿い、左に緑したたる上野山内を見上げながら、半介は、おこうから教えられたとおりに山下の広場を突っ切り、料理茶屋の立ち並ぶ一郭を右にはいった。

そのあたりに、〔けころ〕の娼家が散在している。娼家は二間から九尺の間口で、格子戸《こうしど》をあけると、土間の向こうの畳敷きにびょうぶを立て、三人から四人のしろうとふうの女が、浅黄色の前だれをかけてすわっているのだ。

お君のいる〔けころ〕の店は、すぐにわかった。

五条天神裏の小路に面したところで、まだ日中だというのに、ひやかしの男たちが、ぞろぞろ歩いている。両大師の縁日には、明け七つ（午前四時）から営業しているという〔けころ〕のはやりぶりもなるほどとうなずけた。上野山内のなまぐさ坊主なども、夕暮れになるとやって来るらしい。

「ごめん」

半介が土間へはいると、びょうぶの陰にいた女が三人、うさんくさそうに、半介をながめまわした。

「お君さんというのは、おられるかな？」

「あの……お客さまなんでしょうか？」
十七、八の若いのが立ち上がってきた。
「だいじな用があって来た。取り次いでくれ」

「お君さんって……おもんさんのことなんでしょうか？」

「おもん？——あ、そうか。ここでは、それが呼び名になっているのか。おそらく、そうだろう」

「ちょいとお待ちを……」

女は薄暗い奥へはいっていった。

土間には日がはいらない。ひんやりとしている。

半介は、出てくるだろう女を待った。

「どなた？」

女が出てきた。半介はつばを飲んだ。

（む……なるほどなあ）

べつに美人というほどのものではない。

顔よりからだが、ものをいっていた。

アヤメを染め抜いた白地のひとえに、両鬢《りょうびん》をふくらませた、はやりのとうろうまげで、ぐっとひろげた胸もとに盛り上がっている膚《はだ》が、肉が、化粧の下からあざやかな血のいろを見せている。

初夏の温気《うんき》にむれきった、健康な年増女の濃い血のいろであった。

半介は、われにもなく全身につき上がってくる興奮を押えつつ、お君自筆の証文を出して見せ、

「この用事で来たのだが……」

お君は、半介を凝視した。

やがて、彼女は、はんなりと笑い、「あら、まあ——ま、とにかくお上がりなさいまし」

背を見せて先にたつお君の、しぶとそうな腰のあたりに視線を射つけつつ、半介は土間へぞうりを脱いだ。

お君の父親は、筆屋渡世をしていたそうである。

今はない両親とも同情心のきわめて強い人だったと、お君は半介に、

「ほんとうにもうバカバカしいんですよ、だんな——ひとからだまされつづけて商売もできなくなり、もう一生、貧乏のままで死んじまって……」

他人に同情することに、みずからもおぼれていくものの陶酔を、両親の遺産として譲り渡されたものか——二十七になるまでに、お君も男にはだまされほうだい。そのくせ、いつまでも甘い性根が抜けなくて困るのだと、お君は屈託なげに語った。

「だんなのお金を、おばさんからお借りしたのも、実はねえ……」

以前、この商売をしていたときの客で、さる旗本の渡り用人をしていた老人の世話になり、ちょうど病気中の母親を引き取って根岸に一軒持たせてもらい、母親は安らかに死ぬことができた。

その後、その用人が主家の金を使い込み、発覚しそうになっていることを打ち明けられた彼女は、それもこれも自分ゆえにと思い、すぐに六軒町の裏店《うらだな》へ移り、あらんかぎりの借金をして二十両ほどの金をまとめ、用人の、そのだんなに渡したのだとい

う。その金の中に、半介の三両二分もはいっていたことはいうをまたない。

それっきり、だんなの永山甚助《じんすけ》老人は顔を見せなくなった。

「どうやらあぶなくなってきたので、そのお屋敷を逃げ出したんです。どっちにしても、わたしのほうは借金だらけ。働かなくちゃあ返せませんし、それで、また……」

もとの商売へ舞いもどったのだそうだ。

「そちらのほうはあとになっちまいましたけど、なんとかかせいで必ずお返ししますから、ご安心なすってくださいまし」

悪びれずに、すなおに、お君はいうのである。

宿場女郎や飯盛りの女のあじけないてくだには、かなりすれている半介だけに、お君のすなおさ、率直さを、いちおうは疑ってみなくてはおさまらない。

(ほんとうかい、この女……)

「これだけひどいめに会いながらも、男ができるたんびに、わたしは、きっとしあわせになれそうな気がするんです。この年んなって、ほんとうなんですよ、笑っちゃいやですわ、だんな……」

うそをつけい、と半介は気を引きしめ、そんな口説《くぜつ》では借金を煙にはできんぞ、といってやりたかった。

「ふん……どうだ。利息だけは棒引きにしてやろうか」

「え……？」

「そのかわり、一晩泊まっていいか。どうだ？」

「え……わたしでよろしかったら……」

「おれもなけなしの金だ。元金は全部、きっと返してもらうぞ」

「わかってます、だんな――」

引き寄せると、お君は、うっとりと目を閉じてみせる。

半介のような境涯にある男には、女の存在が貴重なものであることはいうまでもない。旅で抱く女なくしては、あてどもないかたき捜しになんの張り合いがあったろう。

(買った女だと思えば、利息ぐらい惜しくはないさ)

半介は、思いきりさいなんでやろうと心を決め、荒々しく女の衣装をはぎとった。明るい初夏の夕暮れの光に浮かんだお君の、肉のみちみちた裸身は、膚のあぶらでうぶ毛まで輝いてみえる。

体臭は濃かった。

いつだったか、北陸の旅で食べたとりたてのタラの切り身のように、プリプリした歯ごたえがする女のからだであった。

半介はたまりかねて呼吸を乱し、お君は鼻を鳴らして半介を抱きしめてきた。

翌朝の薄明の中でも、半介はまたいどみかかった。

帰りぎわに、半介はきいた。

「そのまえの、おまえさんのだんなは、今もまだ見つからないのか？」

「いいえ、それが……」と、お君は気弱げに、

「ときどきみえるんです。ここにわたしがいることなんか、すぐにわかってしまうおじいちゃんなんです。べつにわたしは、あのおじいちゃん、好きってわけじゃないんだけど……でも、まえには義理も恩も、まあ、あることですしねえ。困っているんですけど……」

何をしているのかしれぬが、永山甚助は町人の風体《ふうてい》に化けてやって来るという。

「そうか……」

ちらりと、半介はお君をにらんだ。おもわず、嫉妬《しっと》していたものらしい。

（ふん。もう二度と、こんな女は抱かぬぞ）

たかが一夜の女だと思い込もうと努力しながらも、半介の口もとは、だらしなくゆるんでくるのであった。

（おれにも、まだあれだけの力があったのかなあ……まだまだ捨てたものではないな）

降りだした朝の雨がけむるなかを、半介は、お君がむりに貸してよこしたかさをさして、ふらふらと歩いた。

（そうだ、このかさを返しに行かねばならんのか。チェ、めんどうな……）

舌打ちをしてみた。しかし、不快の舌打ちではない。自分を偽った舌打ちだ。

それが証拠に、半介は、翌日の夕がた、かさを持って、ふたたび〔けころ〕へ出か

けた。

てれくさいので、陣六の長屋には顔を見せなかった。

「今夜もいいかな。元金から差し引きで……」

「ええ。よござんすわ」

お君は不快な顔を見せない。

精根をつくして翌朝帰り、一日置いてまた出かけた。

一文も払わぬ客だ。店でもいい顔はしまい。そうなるとお君がきのどくだからと、気をきかしたつもりで、今度は昼間出かけた。

お君は、むしろ、いそいそと半介を迎えた。いやな顔を今度はされると思っていたあてがはずれ、半介はめんくらったが、悪い気持ちはしなかった。

〔けころ〕の揚げ代は二百文。泊まりは二朱がきまりである。

この日、半介は帰りしなに、

「これは別だ。おれの気持ちだから……」

考えるよりさきに、自分の手が、百文包んで、お君に渡していた。

(われながらだらしがないぞ。どうかしとる)

またも舌打ちを鳴らしつつ本立寺へ帰ってくると、陣六が心配して様子を見に来たのへぶつかった。

陣六は、ニヤリと半介を見ていった。

「夏目さん、証文は無事なんでしょうね」

「あたりまえだ。それほどにおれが甘く見えるというのか」

まっかになって半介は、陣六をどなりつけた。

四

お君は、半介が来るのを待つようになっていた。

はじめは借金への申しわけに鼻を鳴らしてやったつもりなのだが、通いつめる半介に歩調を合わせ、お君も気がたかぶってきた。

中老《ちゅうろう》けの貧乏侍が、あれだけ自分に打ち込んでくれていると思うとうれしかったし、四十八だと聞いたが、細いようでいて裸になると、からだはまだ引きしまっていて、たくましい。

このごろでは、こざっぱりしたひとえの着流しでやって来る半介の体臭は、渋くて清らかな、お君の好ましいにおいなのである。

渡り用人の永山甚助は、小がらで、ずんぐりしていて、毛むくじゃらで、やたらにしつっこいくせに彼女のからだには思いやりが薄く、かってなことばかりする。それと違って、半介は、優しくて、しかも激しい。

このごろでは、遊び代も借金から差し引くほかに、きまりの金を置いていくこともあるし、店では渋い顔をされるが、お君は店一番の売れっ子なので、主人も黙認の形だ。

ただ、半介は近ごろになって、執拗《しつよう》に永山老人と別れろと迫るのが困る。

「人のいいおまえを、どこまで金づるにするつもりなんだ。別れろ、別れろ！」

やきもちを男がやいてくれるのはありがたいのだが、お君にしては苦しいところだ。

「そういうことができない性分なんです。きっぱりと……まえには義理もあることですしねえ」

「古臭いのが抜けきらんのだな、おまえというやつは……」

三日ほどまえに泊まったときも、半介はにえきらないお君におこったが、そのあとで、ポツリポツリと、わが身の上を語りはじめた。

お君も、中老けの半介が、かたき討つ身だとは思いもかけなかっただけに「フム、フム……」とか「まあ、たいへん……」とか、おどろきと親身の情との交錯した合いの手を入れながら、熱心に聞き入った。話が半介の母親の死にいたると、お君はすすり泣いた。

「これであと、おれも十年かそこら生きればいいほうだ。十八の小僧からこの年になるまで、おれはいったい、なんのために生きてきたのかなあ」

自嘲《じちょう》して、かわいた笑いを漏らす半介をお君は抱きしめ、

「かわいそうに――かわいそうに……」と、ほおずりをくりかえしたものだ。

（わたし、夏目さんが、ほんとうに好きになっちゃったのかしら……）

きょうも格子戸越しに、暮れかかる戸外をぼんやりながめていると、男の影が、すーっとはいってきた。

「あら、だんな――」

「上がってもいいのだろうな？」

永山甚助であった。

まげも着物も小商人《こあきんど》のこしらえだ。

もめんぶろしきで包んだ荷物まで背負っている。

永山は、きょろりと戸外をうかがい、しらが頭を振りふり、そそくさと二階へ上がった。

二階の小べやに、お君が灯《ひ》を入れると、永山はあわてて、

「消せ。消しなさいというのだ」

「あい」

灯を消させ、永山はお君を横倒しにして乗りかかってきた。あえいでいる永山のからだは汗臭かった。

「どうなすったんですよウ、だんな……」

「おまえに会わんと、わしは寂しくて……」

「でも、どうかしてますよ、今夜は――」

「おととい、細川の仲間《ちゅうげん》べやでばくちをやっていてな。ちょいと耳にはさんだのだが、

どうも、いよいよあぶなくなったらしいのだよ」

永山甚助が、表六番町の旗本、糟屋《かすや》六郎兵衛《ろくろべえ》の渡り用人になったのは七年まえのことだ。

理財に長じているのを見込まれ、近年は、仕送り用人なみに家計を任されるようになったことが永山にわざわいをした。お君を知るまえには、吉原へもだいぶ通ったらしい。

主家の金を元手にばくちもうつし、出入りの商人となれ合いで悪もうけをいろいろとたくらんだこともある。

はじめはうまくいってボロも出さなかったのだが、ついに隠しおおせなくなり、永山は屋敷を逃げ出した。お君から二十両をせしめたのはこのときである。

しばらくは武州熊谷《くまがや》辺に隠れていたが、どうしてもお君を忘れられず、永山はふたたび江戸へ潜入してきたのである。

老人ながら永山は、かなり悪いほうにも顔がきくらしい。

主家の訴えにより、奉行所でも永山甚助探索の網の目を張っているのだが、永山はたくみにかいくぐって、悪い仲間のところを転々と渡り歩いてきた。しかし、いよいよ、これ以上は江戸にいるとあぶないというわけだ。

だが、旅へ出ても先だつものは金だ。金がはいったら、今度はおまえもいっしょに逃げてくれと、永山は、お君の胸乳《むなぢ》に鼻をこすりつけ、子どものようにせがみ、

「わしは、おまえのようなあったかーい気持ちの女ははじめてなのだ。なあ、わしもひとり身のままこの年になってしまい、寂しいのだよ。察してくれ、助けてくれ。逃げてくれ、お君……」

五十を越えた永山が、声を震わせてかきくどくのだ。お君もいたたまれない。

永山がこんなことになった原因は自分にもある――と、お君はどこまでも善意に考え、すまないと思うのだが、そうかといって、半介と別れ、永山のじいさんと逃避行をするのも情けない。

「困ったわ、だんな……」

「逃げようよ。なあに、逃げることには、わしゃ慣れとる。どうにかなるもんじゃ。おう、そうだ、湯治に連れていってやろ。どこか静かな湯治場で、のんびり暮らしてみるのもいいもんだぞ、お君――うまいものも食べさせてやる、着物も買うてやろう。な、な、お君……」

なんとか説き伏せようと、永山は必死だ。

「けれど、困ったなあ……この家には借金もあることですしねえ」

「そんなものはほっとけ、ほっとけ」

永山はこともなげにいう。

こんなじいさんだから、十日後に手にはいる金というのもあやしいものだ。なんの金だかしれたものではない。

「でも——とにかく、そんな……だめですよ、だんな。それに、この暑いのにさ、旅をするなんて、いや」

お君もけんめいだ。ここで永山に押し切られては、ずるずると、もはや抜けあがれぬどろ沼へ足を突っ込むことになる。なにしろ、じいさんはおたずね者ではないか。

永山は嘆息した。それでもあきらめない。

「考え直してくれよ、なあ——わしもかわいそうな男なんだ」と、お君には効果的な同情を引くことに努めながら、

「わしだって、これでももとは、信濃松本六万石、松平家に仕えたりっぱな侍だったのだぜ。もっとも、三十年も昔のことだがな」

(あ……)と、お君は声をのみ下した。

(もしかしたら……もしかしたら？)

お君は動悸《どうき》で、胸のみか腹まで痛くなった。

「そ、それが、どうして……？」

「うむ……それがなあ……」

永山もちょっと口をつぐむ。

青ざめたお君の顔に、今度は血がのぼった。

夏目半介に聞いた話と、じいさんの前身とは、ぴたり符合するではないか——。

「そんなご身分を、どうして捨てちまったんですよう？　え、だんな……」

お君の声はこわばっていたが、さいわいに灯が消えているので、驚愕《きょうがく》に乱れている表情はじいさんには気づかれてはいない。

「なに、つまらぬけんかをやってなあ。それで……その当時、わしの名は笠原孫七郎というてな。剣術も、これで相当なものだったし、これでも、れっきとした……」

と、おもわずいってから、

「まあ、このくらいにしてくれ。どっちみち、わしはきのどくなやつ、哀れなやつなんだよ」

そんなことよりも逃げてくれ。どうしてもだめか、と、永山はねばり強く、またもせめたててくる。

頭の血が、今度は凍りついたようになり、お君はくらやみの中でからだをすくめ、息をつめていた。

半介からきいたかたきの名を、じいさんがしゃべったことによって、彼女ははっきりと思い出した。

「江戸からはなれればつかまることはない。きっとだいじょうぶ。ほとぼりがさめたら、今度はまじめに暮らそうよ。なあに、年はとっても、まだ食っていくぐらい、わしはどうにでもする。安心してくれ。な、だから、お君——頼む、拝む……」

気がつくと、じいさんは涙声を出していた。

五

夏目半介は決意した。

おこうに頼み、資金をなるべく早く引き上げてもらい、お君といっしょに暮らそうと決めた。

（ここいらが潮どきだ。あと十年もたてば、親類や主家にも見放されてしまうだろうし、かたきの孫七郎も六十六歳。まず病死していよう）

腰が曲がって女も抱けなくなってからこじき坊主かなにかになるよりも、お君と出会ったこの機会を逸してはなるまい。

どこか静かな土地で、いま持っている金で女に小商売でもさせ、自分も働くだけ働く。あの親切な女のことだ、きっと死に水ぐらいはとってくれよう、と半介は考えたのである。

まだお君には話してはいないが、反応はじゅうぶんにある。

「あきれましたねえ、まったく――そんなにあの女、だんなをくわえこんじまっていたんですかねえ」

おこうも話を聞いてうなった。半介の決意と熱情には、断固たるものがあったのだ。

「かたき討ちより女の情というのもわかるがね。しかし、夏目さん、あんたも年だ。あのあぶらっこい女と一つ屋根の下へもぐり込めば、あったら命を縮めますぜ」

と、陣六もあきれて忠告した。

「かまわん。本望だ！」

「こりゃ驚いた。わたしは、あんたのかたき討ちを講釈で語ってみてえと思っていたんだがなあ」

「母も草葉の陰で許してくれると思う」

「だんなのおっかさんこそ、いいつらの皮だ」

女だけに、おこうもいい気持ちではないらしく、しきりに、お君を弾劾する。

「だが、ふたりとも考えてみてくれ。もしもだ、というよりおそらくはだ。これからさき、かたきが見つかる望みがあると思うかどうだ？　陣六先生……」

陣六夫婦は沈黙した。

　正直にいって、あてにならぬことだ。

「おれはな、この年になるまで、人間らしい思い出の一片をもってはいないのだ。あてどもなく、ほっつき歩いてきただけなのだ。もうやめた!!　今のおれの、かたき討ちと、あの女と、はかりにかけて計ってみてくれ」

「なるほどなあ」と、陣六はうなずき、

「女のほうが重いなあ」

　おこうが陣六の太ももをつねり上げた。

最後の転機なのだ。逃がしてなるものか――半介は、らんらんと目を輝かせ、きおいたった。

おこうもけっきょくは、貸し金引き上げを承知した。

永山のじいさん、すなわち笠原孫七郎が〔けころ〕の一室で、お君に逃げてくれ、離れないでくれとかきくどいた翌朝、半介は胸を張って上野山下へ出向いた。

（きっと、あいつ――うれしい、夏目さん……とかなんとかで、おれに飛びついてくるだろうな。フム、だいじょうぶ。だいじょうぶ）

青年のような力が、五体のすみずみにみなぎってくるような気持ちであった。

〔けころ〕へ着くと、お君の朋輩《ほうばい》の女が「おもんさんのだんなが、ゆうべからお泊まりで……」

「よしッ」

ちょうどよい。くだらぬ義理と恩義をたてに、女のからだをむさぼるおいぼれの寄生虫を踏みつぶしてやろう。何もかもさっぱりさせて、お君をこの腕に抱くのだ。

昔むかし、かたき討つ旅に出発したときのような若々しい願望への欲求が、熾烈《しれつ》に半介を刺激した。

大刀をぐっとつかみ、半介はお君のへやへ駆け上がった。

（おらん!!）

小べやに乱れた夜具のみが、半介を迎えた。

かぎなれたお君のにおいがわずかに残っている。

〔けころ〕の店でも大騒ぎになった。

だんなとお君は逃走したのである。

(ちくしょう!! やっぱりくだらん女だったのか……)

広小路の人ごみにあてどもなくもまれ、半介は泣きべそをかいたり、歯をむき出しておこってみたり、不審そうに半介の顔をのぞき込む通行人の人々をどなりつけたりしているうちに……。

(待てよ)

むりやりに、恩と義理には弱いお君を、あの渡り用人くずれが連れ出したとしたら――いやがるお君を無理無体にだ。

(よし!! なんとしてでもお君を捜すのだ)

半介は、第二の人生の出発を、まだあきらめるには早いと考え直すにいたった。

じりじり照りつける夏の日をあび、汗まみれになって六軒町にもどった半介は、陣六夫婦にも頼み、自分もまた血眼になって、それから連日連夜、江戸市中を駆けずりまわった。

陣六にも、おこうにも、半介の異常な情熱は押えきれそうもない。あきれながら、夫婦はそれでも心あたりを捜しまわってくれた。

(お君が見つかれば、もう一度、出直せる)

相手の男をたたき切っても奪いとってみせるぞ、と半介は刀の柄《つか》をたたいた。

梅雨《つゆ》がやってきた。

こやみもなく降る雨にぬれ、半介は狂人のように歩きつづけた。

お君は見つからなかった。

「江戸にはいねえのじゃあねえか……」

陣六もこんなことをいいだした。

やがて……ついに、半介も疲労困憊《こんぱい》の極に達してしまった。

本立寺の和尚《おしよう》は、やつれきった半介の顔をつくづくと見守り、

「毎日よく精が出るようじゃが、かたきの手がかりでもついたのかいな？」ときく。

「は――まあ、そんなところで……」

「そりゃけっこう。それで？」

「どうやら……どうやら今度も、む、むだのようでござる」

和尚の質問がうるさいので半介は陣六の家へころげこむことにした。

陣六の長屋へ移ったその晩から、半介は発熱した。

四十八歳の肉体は、雨にぬれての力闘に……いや、そのまえからも、かれの年齢にしても過激にすぎた女体への耽溺《たんでき》にいためられていたのだろう。ともかく、いろいろ無理をしすぎた。

いちじは命もあぶなかったほどで、熱にうかされ、しきりに「お君――お君……」と口ばしる半介を見て、陣六夫婦も、

「これほどまでにとはなあ」

「でもさ、この年をして……ちょいと気味が悪くなってきたよ」

「なに、これでだんなも、よく見てみれば煮つまったドジョウじるほどには踏めるよ」

梅雨があけた。

半介は床払いをした。半介の面には諦観《ていかん》のいろがしずかに漂っていた。

「旅に、出ようかと思う」

「旅へ？　またお君を捜しにですかね」

「いや……」

「じゃあ、かたきを……」

「違う」

「それじゃ、何の旅に出るので？」

「わからん」

半介は、蕭然《しょうぜん》と身を起こし、窓ぎわに立った。

路地のアオギリの、茂った葉の向こうに、夏の青空があった。その空に吸い寄せられ、溶け込んでしまいたいと、半介は思った。

やがて——集めるだけ集めてもらった金と、いとこから受け取ったまま手をつけずにあった金と合わせて二十両あまりを懐中に、夏目半介は、よくいえば飄然《ひょうぜん》と、意地悪くいえば踉踉《そうろう》として、江戸をあとに東海道をのぼっていった。

二十両余を使うだけ使い、使いつくした土地で、人夫でもこじき坊主でもなんでもやって、あとは野たれ死にしてしまえばよいのだ。

（おれは、世の中の、どんなものからも見捨てられる宿命をもって生まれたやつなんだ。どうで世の中も人間も運否天賦《うんぷてんぷ》。なるようにしかならんのだ――けっしてもう悪あがきはしないぞ）

思えば惨憺《さんたん》たる人生であった。

彼が半生に得たものは、返り討ちの恐怖と、人生の裏街道における唾棄《だき》すべき生活と、じょうぶな足と――それに、現在握っている二十両余の金だけである。

今はただ、かたきの首も女への恨みも捨て去り、水に流れる草の葉のように、抵抗も執着もない男になってしまおうと、半介は覚悟をした。

真新しい薄黄色の上布《じょうふ》に茶の帯。すそをはしょった旅姿で、すげがさをかぶった半介は、ゆっくりと街道を歩いた。

まず、京へ行ってみるつもりであった。

大磯《おおいそ》から小田原《おだわら》へ向かう途中、梅沢《うめざわ》というところで雷雨に会った。たたきつけてくる雨をのがれ、半介は街道沿いの〔つたや〕という休み茶屋に飛び込んだが、雨が上がらないうちに激しい胃ケイレンを起こした。とても歩けたものではなかった。

胃が痛むことはまえにもあったが、これほど激しいのははじめてのことである。

（こいつは、もうおれもいかんかな）

野末の骨となる覚悟だが、やはり心細かった。

（こんなときに、お君がいてくれたら、あの女、どんなにか暖かい看病をしてくれることか……）

と、そう思いたくはないが、思わずにはいられない。

二日間、その休み茶屋のやっかいになった。まだ重苦しい鈍痛が消えぬ胃袋をさすりさすり、やっと小田原へ着いた半介は、もう精も根も尽き果てた気持ちになった。

六

三方を山に囲まれ、東に海をのぞんだ熱海《あたみ》の町は、山から吹いてくる微風も、夏にはあまり役だたない。

町を包むセミの声さえも江戸のそれと違って、暑苦しく、うるさい鳴き方をする。

セミの声がひどいときには、山の上いっぱいにむくむくと雲がわき、海のかなたの初島《はつしま》という島も鉛色にけむって、じりじりと汗ばんでくるのだ。

お君が、この町へ来てから二十日《はつか》あまりになっていた。

あれから、しばらく江戸にひそんでいて、その間に笠原孫七郎はどこからか通行手形を手に入れてきた。孫七郎は法の裏にもよく通じているようで、手形のみか、金も

いくらかまとまったものを握ってきて、

「さあ、さあ、約束じゃ。湯治に連れていってやるよ。なあ、いいだろう」

「わたしゃ、どっちでもようござんす」

半ばふてくされているお君のきげんをそこねまいと汗だくになり、孫七郎はやっと江戸から脱出したのであった。

（いっそ、夏目さんに知らせ、かたきを討たせてあげようか……）と思案したこともあったお君だが……。

孫七郎も景気のよいときは、かなりぜいたくもさせてくれたし、母親が重病にかかっているときなども、こまやかに気を使ってくれたものだ。「おまえのおふくろは甘いものが好きだから……」と、市ケ谷《いちがや》の大黒屋の〔雪みぞれ〕などをみやげに買ってきてくれたこともある。

そんな優しいところもないではない〔だんな〕なのだ。

いちじは自分だってまんざらいやでもなかったではないか、などと考え及んでくると、お君には、とてもだんなの首を飛ばすてつだいなどできるものではない。

生まれてはじめて温泉にひたるお君だったし、こんな長旅をしたこともない。江戸から五里にも足らぬ川崎《かわさき》大師へ参詣《さんけい》したことが、彼女にはいちばん長い道中であった。

（これが夏目さんといっしょなら、どんなに楽しいかしれやしないのに……）

そう思いはじめると、つくづく、ふんぎりのつかない自分が情けなくなってくる。

熱海へ来てから、孫七郎も一度にどっと疲れが出たらしく、夜になってもまえほどに執拗《しつよう》なことをしなくなった。孫七郎は、ひたすら、お君に逃げられることを恐れていた。

「ああ、疲れたよ、わしも……」

寂しげに笑い、五十六の年齢を丸出しにして腰をたたきつつ湯から上がってくる孫七郎を見ると、

（もう、どうなろうとかまやあしない。だんなもよる年だし、かわいそうだ。いまさら捨てて逃げるわけにゃあいかない……）

肩をもむお君の手を握りしめ、孫七郎は、しみじみとこんなことをいう。

「おまえが逃げたら、わしは死ぬよ。いや、ほんとうにだ。わしひとり、生きてみてもしかたがないからなあ」

「そんなことを考えないでくださいよ。ついていくだけはついて行きますから」

「ほ、ほんとうかい」

「え……」

「働く。わしだって、まだ一働きも二働きもやれる。疲れが抜けたら大坂《おおさか》へ行こう。あっちは暮らしよいところだ。行けばなんとかなる、なんとかなる」

お君を、いや、自分自身を励まし、残り少ない晩年に立ち向かっていく元気を、孫七郎はどうにか取りもどしたようであった。

その日——暑い日盛りを昼寝している孫七郎を宿に置いて、お君は、宿から近い来宮《きのみや》大明神の境内のうっそうとした木陰に来て、ものおもいに沈んだ。

(今ごろ、どうしているかしら? 夏目さんは……)

神社の鳥居のかなたに、山の下の、ひなびた湯の町や、海が見える。

「もしもだ。もしもおれが、おまえと所帯をもちたいといったら、どうする、おまえ……」

夏目さんはそんなこともいった。そうだ、あのときが最後になってしまったんだっけ。大望がおありなさるのに、おからかいになっちゃいやですよ、とあまり本気にもしていなかったが、あれは夏目さんの本心だったのだろうか。それとも、やっぱり商売女の歓心を買うための口から出まかせにすぎなかったのか……。

そこのところが、もうひとつお君にははっきりとつかみきれない。もし、孫七郎が〔けころ〕を訪れた日がもう一日遅れ、半介の決意を聞いてからのお君だったら、孫七郎にくっついてはこなかったろう。

そうなっていたとしたら、彼女は半介の存在をひそかに孫七郎へ告げてやり、〔だんな〕をひとりで逃がし、孫七郎については半介にみじんも語らず、半介の女房になっていたかもしれない。

とにかく、男ふたりの運命は、お君の手一つにさばかれ、その事実を半介も孫七郎も知らないのであった。

（ああ——いやだ、いやだ）

お君は洗い髪をくしゃくしゃとかいた。そうして、参道の山道を下りはじめた。

日もかたむいてきたようだ、風がさわやかに膚《はだ》をなぶった。

海で網をしかけている漁船も数が少なくなっている。

神田《かんだ》鍋《なべ》町のおしろい問屋、柳屋彦兵衛《やなぎやひこべえ》夫婦と名のってふたりが泊まっている所は、糸川あたりに坂を少し上ったところにある〔角兵衛《かくべえ》の湯〕という宿であった。神社から下って一本道なのだが、お君は、せかせかとこっちへのぼってくる孫七郎の姿を木立ちの間から発見して、

（うるさいねえ。逃げやしないといっているのに……）

少し狼狽《ろうばい》させてやれといういたずらごころが起こった。お君は小道へ切れ込み、地蔵堂のうしろを上町の通りへ抜けて、孫七郎をやりすごした。

上町から本町へかけて、両側はほとんど宿屋になっている。

（あわててるよ、きっと——わたしが見つからないもんだから……）

お君は、本陣今井半太夫の前を通り、湯けむりが漂っている道を本町へさしかかった。

きょうはひとつ、とっぷり暮れるまで、海べをぶらついて〔だんな〕を困らせてやろうと思ったのである。

七

「お君ッ!!」

とつぜん、猛烈な力で肩をつかまれ、お君はふり返ってみてぎょうてんした。

「お、おまえは……おまえは……」

夏目半介の顔が、憤怒《ふんぬ》と安堵《あんど》をまぜ合わせた複雑なゆがみかたで、お君の目の中へ飛び込んできた。

「どこへ、おまえはッ……な、なぜ、逃げたッ」

「ご、ごめんなさい、ごめん……」

「許さん!!　いいや、だんじて許さん」

半介はわめいた。野末に骨を埋めようという寂々たる心境はどこへ行った……?

逃げにかかるお君の腕をつかんでゆさぶり、なおも半介はどなりつづける。

道の両側の宿の二階から、農家の湯治客が次々に並び、好奇の目を下の道へ投げた。

道を通る漁師たちも足を止め、ただごとでない男女のもみ合いをながめている。

「夏目さん。ひ、人が見て……」

「む……うむ……」

半介も人ごこちがついた。女の腕をつかんだまま、通りを左に折れた九郎兵衛の湯という宿の横手にお君をひっぱってきた。

(困った!! これから、どうしたらいいのか……)

血ばしった半介の目を見返すこともならず、からだじゅうが冷や汗にぬれ、お君は紙のように青ざめて、うつむいたままである。両ひざがガクガクして、とても立ってはいられそうもない。

「なぜ……いや、もうきくまい。おれは、おれはなあ、お君……武士としてのいっさいを投げ捨て、おまえと所帯をもつ決心をしたんだぞ。わかるか、わかるか、おい……おれはなあ、おまえに逃げられて……もう、こじき坊主にでもなろうかと……」

あれから半介は、小田原でかごをやとい、山道を一日がかりで熱海へやって来たのである。

休み茶屋の亭主が、胃腸の病には熱海の湯がとてもよくきくといっていたのを、半介は小田原の宿で思い出したのだ。

(行ってみるか。どこへ行ったとて同じことなのだからなあ)

山道を揺れていくかごの中でも、まだシクシクと胃が痛んだ。

小田原からの道が熱海の町へはいり、肴《さかな》町の通りを本通りへ出て、かごの中から半介は、目の前を歩いていくお君の姿をみとめ、かごを止めさせて、ころげ落ちるように道へ降りたのであった。

かごかきが、あわてて追いかけてきて請求するまで、かご賃を払うことも忘れていたほどの逆上ぶりだ。

「おまえに会えた以上……以上はだ。おれはもう、死んでも、おまえを離さんぞ」

道端のサルスベリが、鮮紅色の花を枝に群がり咲かせていた。

道をへだてた向こうは畑になっている。小さな寺がある。漁師の家もある。海も少し見えた。

「相手の男といっしょか？　そうなのか……？　よし、わかっている。おまえは、その男とおれと、どっちが好きなんだ。いえ。いってくれい」

「そりゃあ、わたし……あんたが、好き」

「ほんとうか!!」

お君は、せつなげにうなずく。

「よし。話をつけてやる」

「いいえ、もうかまいません」

そのとき、お君のほおに、パッと血がのぼった。半介の腕に彼女はしがみついた。

「このままでいいんです。このまま、夏目さんといっしょに、わたし、江戸へ帰ります」

「そ、そうか。だが、きちんと話だけはつけておいたほうが、あとあとのためにもいいのじゃないか」

「かまわないんです。その人に、あんたがお会いにならないほうが……あの、いいんです」

「おまえがそういうのならかまわんがね」

「夜道をかけてでも、行くところまで……ね、野宿をしたってかまやしません、夏なんですもの」

「よし。では、このまますぐにか」

「あい」

「そんなにこわいのか、その男が――」

「いいえ。こうなったら、いっときもここにいるのがいやなんです」

猶予はならない。こうしているうちにも孫七郎が自分を捜しに現われよう。こうなったら、半介と別れることは、もうできない。

(だんな。かんべんしてくださいね)

お君は半介をせきたて、ふたりは小田原道を小走りに走りだした。

半町ほどで道がふたまたになり、高札場がある。あたりは一面の松林であった。

半介のわらじのひもが解けかかった。

かがんで結びかかる半介へ、

「早く、早く」

呼びながら高札場の前へさきに出てきたお君は、上町のほうから下っている小道の、すぐそこに、孫七郎が笑いながら近寄ってくるのを見た。

「ヒヤ……いけないッ。た、たいへん! い、いけない……」

身をもんで、お君は悲鳴をあげた。

「お君。捜したぞ、捜したぞ」

両手を差しのべ駆け寄ってきた孫七郎と、

「どうしたのだ、おい……」

腰をあげて高札場前の道へ現われた半介とは、お君を中にしてばったり顔を合わせた。

お君は、高札場の竹がきにとりつき、おろおろとしゃがみ込み、両手で顔をおおった。

男ふたりは、一間の距離をおいてにらみ合った。

「おぬしが、永山殿か」

「だれだ？　おぬしは……」

暮色が漂いはじめてきたが、まだあたりは明るい。

お君の杞憂《きゆう》にもかかわらず、ふたりは、三十年の歳月を経た互いの面貌《めんぼう》を思い起こせなかった。だが、お君が割り込むすきはもうなかった。

孫七郎と気づかぬままに、半介は一歩踏み出した。

「この女、わたしがもらい受ける」

「なにッ！」

「わたしは、松平丹波守の家来——いや、浪人で、夏目半介というものだが……」

家来を浪人と言い直すことによって、さらに決意を新たにしたつもりだったが、とたんに孫七郎の目玉が飛び出しそうになった。

「くどくどとは申さぬ。とにかく……」

こう言いかけた半介に、孫七郎が老人とは思えぬ激しさでおどりかかった。

孫七郎は、いきなり半介の腰から大刀をさやごと引き抜き、飛びさがって抜刀した。

「何をする！」

半介は狼狽《ろうばい》した。

わけのわからぬ叫び声をあげ、孫七郎が切りかけてきた。

「やめて。やめてえ……」

お君が金切り声をあげた。

網を肩にした漁師や、湯治客など、本通りから駆け集まった人々が騒然となる。

土ぼこりをあげて、半介と孫七郎は、幅一間ほどの道を右に左に飛びちがった。

ふたりの呼吸は、ふいごのように鳴った。

「やめろ！　やめんか、バカッ」

半介は必死に止めようとした。

孫七郎はかたき討ちの名のりをかけられたものと思い込んでいる。こうなっては、とても逃げおおせるものではないと覚悟したものか、攻撃は意外に鋭い。

ひらめく白刃を何度くぐったか——。

半介も、カッとなった。こんなじじいが、今までお君のからだを……と思うと、憎悪がむらむらとこみ上げてきた。

「やるかッ！」

憤然と、半介は脇差《わきざし》を抜いた。

道に入り乱れつつ、ふたりは本通町の方向へ争闘の位置を移していった。

孫七郎の足もとが、ふらつきだした。

急に鈍った孫七郎の切り込みを払いのけざま、半介は、背を見せた孫七郎があわててふり向くところへ、脇差を突っかけた。

「うわ……わ、わ、わ……」

孫七郎は、サルスベリの幹にからだをぶっつけ、倒れた。

サルスベリの花が、パラパラと、突っ伏した孫七郎のしらが頭に散り落ちてきた。

（やった。切ってしまった）

反射的に、半介はお君のそばによろよろと駆け寄った。

「逃げ、逃げるんだ、お君――」

叫んだつもりだが、のどがひりつくようで声にならない。

遠巻きに囲んだ人がきが、どよめいている。

「役人が来る。早く逃げるんだ」

今度は声に出た。半介は、お君の腕をつかんで引き立てようとした。

ゴクリとつばをのみおろし、お君は、やっといった。

「いいんです。いいんです、もう……」

「バカな、なにがいいのだ」

「あのひと、ほんとは笠原孫七郎っていうんです」

「な、なんだと……」

握りしめていた脇差を捨て、半介は孫七郎のそばへもどっていき、老人を引き起こし、その顔を凝視した。

（あ……）

十八のときまでに、松本の城下町で何度も見かけた孫七郎のおもかげが、みじめな苦悶《くもん》のうめきをあげているしわの深い面上の底から浮かび上がってきたのだ。

（これが、孫七郎だったのか……）

恨みも憎しみも、まったくわいてこない。

孫七郎は白い目で半介を見上げ、すぐにその目を閉じた。

からからにかわいた孫七郎のくちびるから、ためいきが漏れた。

「おみごと――殺されるがいやさに、三十年、不安と後悔にさいなまれつつ、逃げ……生きのびてきたが……いざ、死ぬときが来てみると、それほど……それほどに、死は恐ろしくないものじゃ。かえって、安らかな気持ちがする」

不思議な愛憐《あいれん》の情のみが、半介の胸に迫ってきた。

「孫七殿。しっかりしろ」

おもわず、半介のくちびるを割って出たのは、このことばであった。

「こ、こんなことなら……もっと早く、討たれて、あげればよかった……」

ひきつるようなかすかな笑いを見せ、孫七郎は、お君の名を二度ほど呼んだ。

がっくりと、孫七郎の頭が半介の胸にうまった。


夏目半介あだ討ちの報は、すぐさま代官所から江戸呉服橋内の松平藩邸へ飛んだ。

藩邸内は大騒ぎになった。

半介は旧禄《きゅうろく》に加増され、百石をもらい、やがて松本へ帰国した。

あだ討ちは故郷でも大評判となった。

ことに、切り合いの際、丸腰のかたきに、みずから刀を、しかも大刀を与えて勝負を決したという話が伝えられ、半介への賞賛は倍加した。

藩の若侍などが、後学のためとかで、半介の家を訪れ、あだ討ちのもようを聞きたがると、半介は、にがにがしく首を振って、

「なに、つまらぬことでござった」

と、答えるのみである。

これがまた謙譲の美徳だというので、大いに喝采《かっさい》を博すことになった。

帰国してからの半介は、武士の亀鑑《きかん》という重荷を今度は背負わされ、謹厳誠直な日常をいささかもくずそうとはせず（くずすこともならず）妻もめとらず、家中の岩戸家の次男、吉馬を養子に迎えた。

寛政《かんせい》七年の秋——夏目半介は、五十九歳の生涯を終わった。

仇討ち七之助

一

(殺《や》れる……いまなら、殺れる!!)

と、おもった。

青木七之助は、小廊下の隅にかがみこみ、大刀の柄《つか》へ手をかけ、全身をあぶら汗にべっとりとぬらしつつ、

(殺れる、殺れる……)

その部屋の障子の穴から、中をのぞきこんでいる。

七之助が〔のぞき見〕をしている旅籠《はたご》の小廊下は闇の底に沈んでいたが、部屋の中には行灯《あんどん》がともっている。

この夜ふけに……。

ことさら灯心をかきたてたらしく、その明るい行灯の傍で、男女ふたりの肉体が、からみ合っているのである。

秋もふかいというのに、夜具をはねのけ、寝衣《ゆかた》もかなぐりすててしまい、男に組みしかれた女が絶え入るようなあえぎをまきちらしながら、

「あれもう、おさむらいさま……」

とか、

「こ、こんなのは、はじめてだよう」

とか、臆面《おくめん》もなく嬌声《きょうせい》を発している。

東海道・袋井宿《ふくろいじゅく》の旅籠「ねじ金《かね》や・平兵衛」方の奥座敷であった。

女は、この旅籠の飯盛り女だ。

いわゆる旅館の女中（兼）売春婦であって、東海道の宿々に、飯盛りが客の旅情をなぐさめるため、手ぐすねひいて待ちかまえていることは誰知らぬものはない。

その中でも……。

江戸へ五十九里十二丁、京都へ六十九里九丁のところにある袋井宿の飯盛り女は、まるで白粉《おしろい》の気もない田舎の小娘のように若くて新鮮なのを待機させていたという。

「ほんの小娘だとおもうと大間ちがいだ、いやもう、こっちの躰《からだ》の骨までも粉々になってしまうよ」

などと、旅人が評判するように、その接待ぶりもなまなかのものではないらしい。

いま、青木七之助が〔のぞき見〕をしている部屋の中の女も、名高い袋井飯盛りのひとりで、この女に、しきりに喜悦の声をあげさせている男は、七之助同様の若い武士であった。

その武士の、ひろやかな、たくましい裸の背中が障子をへだてて、わずか一間半ほどの向うにあるのだ。

その、うす汗に光っている背中へ、七之助の大刀が突きこまれれば万事終る。

七之助は本望を達して、なつかしい故郷へ大手をふって帰れるのである。

しかも、男がこうしている場合、まったく無防備であって、無我夢中の歓楽に没入し、外敵の侵入なぞに神経をくばっている余裕はない筈《はず》だ。

無言のままの武士の裸の背中が、ゆっくりとうごくたびに、

「こんなのは、はじめてだよう」

と、飯盛りが鼻を鳴らし、そのたびに、武士の巨体に押しつぶされたかのように見える女の、量感たっぷりな白い太股《ふともも》が烈《はげ》しく痙攣《けいれん》をおこすのが、七之助には、はっきりと見える。

（いまなら、殺れる……）

脳裡《のうり》のどこかで、その自分の声が絶えず自分をはげまし、叱咤《しった》するのをかすかに感じながら、障子の穴へひたと押しつけられた七之助の血走った右眼は、武士と飯盛りの痴態を飽くことなく追いつづける始末なのだ。

それにしても長い……。

武士の執拗《しつよう》な愛撫《あいぶ》は、いつ果てるとも知れない。

かがみこんでいる七之助の両ひざにふるえがきた。

（もう、これまで……殺る。殺るぞ!!）

刀の柄をくだけるばかりに握りしめた七之助が片ひざをたてた瞬間である。

武士の裸体のうごきが、ぴたりと静止して、

「だれだ!!」

すさまじい一喝と共に、そのままの姿勢で、ぐいとくびを振り向けた。

その武士……荒川平九郎の、何か得体の知れぬ猛獣のような迫力にみちみちた顔貌《がんぼう》が障子の穴の右眼へ飛びこんで来たとき、

「あっ……」

おもわず、青木七之助は悲鳴に似た声をあげ、小廊下から庭へ……そして裏木戸へ、狂人のように逃げていた。

(だめだ……とても、だめだ。お、おれには平九郎が討てぬ)

闇夜の街道を、七之助は夢中で走りつづけた。

二

青木七之助にとって、荒川平九郎は養父の敵《かたき》である。

養父・青木勘太夫《かんだゆう》は、大和《やまと》・高取《たかとり》二万五千石、植村駿河守《するがのかみ》の家来で、男子が生まれぬところから、

「聟《むこ》には左《ひだり》七之助がよろしい」

早くから、見きわめをつけていたという。

左家は勘定方をつとめて三十石二人扶持《ぶち》の、かるい身分のもので、当主は豊太郎といい、その弟が七之助だ。

そのころのさむらいの家の次・三男は養子の口があれば上出来で、まかり間違えば、一生を兄の厄介者として終らねばならない。

七之助は、幸運な次男坊であったといえよう。

幼時から非常におとなしい子供で、近所の腕白《わんぱく》坊主どもから、

「左の白兎《しろうさぎ》」

と、綽名《あだな》をつけられたほどだ。

だから、青木勘太夫は長女・以和子《いわこ》の聟をえらぶについて、左七之助の温和な性格を、

「それがよし」

と、したのであろう。

勘太夫は勘定方の上席をつとめてい、左豊太郎はその下役というわけであったから、むろん豊太郎に異存がある筈はなく、

「めでたい、めでたい」

養子口のきまった弟が家を出て行くことをよろこんだ。

左七之助が青木七之助となったのは、彼が二十三歳の秋で、異変は、翌年の春におこった。

この年いっぱいをつとめあげ、あとは隠居の身となって、家督を養子の七之助へゆずるつもりでいた青木勘太夫を荒川平九郎が斬殺《ざんさつ》してしまったのである。

理由は……？

それが、わからぬ。

城下の、青木家からほど近い西念寺の和尚《おしよう》のもとへ、勘太夫が夕刻からあそびに出かけた。

この二人は、俳諧《はいかい》の趣味を通じて親交が深かった。

その西念寺からの帰途、勘太夫は襲われたらしい。

それでも、大刀をぬき持ち、血みどろになった勘太夫が我屋敷へたどりつき、門扉をたたき、中間《ちゆうげん》の与吉という者が門をひらくと、のめり込むように入って来て倒れ伏し、

「だ、旦那《だんな》さま……」

おどろいて抱きおこす与吉へ、

「すぐそこで、やられた。か、かたきは荒川、平九郎……」

と、告げるや息絶えた。七之助らが駈《か》けつける間もなかった。

異変をきいて駈けつけた親類たちや、七之助の実家からも兄の左豊太郎が駈けつけ、総勢十余名をもって、すぐさま荒川屋敷をかこみ、

「平九郎を出せ!!」

と、談じこんだ。

平九郎はいない。

彼も、かつての七之助がそうであったように荒川家の次男坊で年齢は七之助より一つ上であった。

荒川家の当主は平九郎の兄・主馬《しゅめ》である。

主馬も、いま弟・平九郎の失踪《しっそう》を知ったところで、狼狽《ろうばい》してあらわれ、

「弟の書きおきでござる」

と、一同に見せた。

「……よんどころなき儀これあり、青木勘太夫を斬り、その場において割腹《かっぷく》つかまつるべく……」

と、ある。

しかし、平九郎は腹を切らずに城下を脱走している。

「拙者にも、まったく、わけがわかりませぬ」

荒川主馬は泣きそうな顔つきになって、そういったものだ。

さむらいがさむらいを斬殺すれば、その場において、自分も腹を切る、自決する。これが武士の心得である。相手を殺して逃げたとあれば、殺された者の子か、弟妹かが敵討ちの旅にのぼらねばならない。

同時に殺した者の実家や身寄りの者にまで迷惑がかかる。

封建の時代《ころ》は、つまり日本がいくつもの国々にわかれてい、それぞれに大名がこれをおさめていたわけだから、A国で殺人を犯してB国へ逃げこんでしまえば、一応、

A国の法律は適用されぬことになる。

ここに、武家の〔敵討ち〕がおこなわれる。

いわば法の〔代行〕ということだ。

ゆえに……。

かたきの首をとって帰らぬかぎり、かつての身分も職も、ふたたび自分の手へはもどってこない。

青木七之助のように養子の身ならば、いっそう養家への義理と責任があるわけだから、

「すぐに追え!!」

実家の兄が、眼の色を変えて怒鳴った。

その夜が明けぬうちに、七之助は青木家の親類たちと共に荒川平九郎の後を追ったが、ついに逃げられてしまった。

仕方なく、いったん城下へもどり、あらためて殿さまの植村駿河守から正式に敵討ちの許可を得て、青木七之助は敵討ちの旅へ出発することになったのである。

(これは、とんだことになってしまった……)

七之助は不安と恐怖にすくみあがっていた。

なにしろ「白兎」の七之助であるから、刀をさしてはいても、これをぬいて斬り合うことなど思いもよらぬ。

ましてて相手の平九郎は一刀流の奥義をきわめているほどの剣士だし、六尺にもおよぼうという巨体の持主で、城下に剣術の道場をかまえる山本八方斎《はっぽうさい》のもとでは、

「鍾馗《しょうき》の平九」

と、よばれるほどの猛烈きわまる面《つら》がまえをしている。

(とても勝てぬ)

で、あった。

で、青木家の親類のうち、若い連中が三人ほど助太刀に出てくれた。

そして敵討ちの旅が十年もつづいたが……。

ついに、荒川平九郎を見出すことが出来ない。

となると、

「あとは七之助殿ひとりで……」

と、いうことになって、親類たちも、(十年も、めんどうを見たのだから)

いちおうの責任を果したことになるし、藩庁も暗黙裡《あんもくり》に、これをみとめる。

いやしくも武士である以上、たった一人でも養父の敵を討つのは当然の義務なのである。

ときに、七之助は三十四歳。

年に一度、植村家の江戸藩邸へ行って、親類たちから出される旅の費用を受け取るのだが、それも、十年をすぎると、

（なんだ、まだ敵の首が討てぬのか……）

江戸屋敷につめている親類どもも露骨に厭《いや》な顔をする。

さらに二年……。

ついに、七之助は荒川平九郎を見つけ出した。

東海道・袋井の旅籠《はたご》〔ねじ金や〕へわらじをぬぎ、女中に案内されて部屋へ入ろうとし、何気なく、中庭をへだてた向うの渡り廊下を見やって、

（あっ……）

七之助は胃の腑《ふ》をなぐりつけられたような衝撃をうけた。

まさに、荒川平九郎であった。

平九郎は風呂《ふろ》から出て自室へもどるところらしく、手ぬぐいを右手に、左手に大刀をつかんでいるのは、つゆほども敵もつ身のゆだんをせぬ心がまえと見てとれた。

夜がふけて……。

庭づたいに、平九郎の部屋の障子外へ忍んで行き、おもいもかけぬ敵と飯盛り女との交歓を〔のぞき見〕した七之助のことは、すでにのべた。

三

それからまた、七年の歳月がながれた。

青木七之助は、まだ荒川平九郎の首を討っていない。

いや、すでに、

（おれには、とてもとても平九郎を討てぬ）

七之助は、あきらめきっていた。七年前の袋井宿の旅籠で……。

女の肌身を抱いていながら寸分の隙もみせず、のぞき見をしていた自分を「だれだ!!」と怒鳴りつけたときの、おそるべき敵の力量を知ってしまってからは、

（だまし討ちにも出来ぬ相手だ）

それからは、

（なんとか、敵に出会わぬように……）

そのことばかりを、ひそかにねがいつづけながら旅をつづけて来たといってよい。

きょろきょろと、あたりをうかがいながら人眼をさけてつづける旅……。

（いったい、おれは何のために生きているのか……）

であった。

敵を討つべき身なのに、敵の眼をおそれて逃げているかたちになってしまったのである。

だからといって、故郷の高取へ帰るわけにもゆかない。

義母は死んでしまったし、妻の以和子は伯父《おじ》の河内采女《うねめ》のもとへ引きとられているそうだが、故郷を出てから十九年になる七之助は、その間に一度も妻を見てはいない。

（以和も三十九になるか……）

ときどき、美女ではあったが自分には冷たかった妻の顔をおもいおこすこともあったけれど、なつかしくはおもえぬ。

自分が敵討ちの旅へ出るときも、見送りに出た以和子の顔に、

(とても、あなたには平九郎を討てますまい)

とでもいいたげな冷笑が、影のように浮いていたものだ。

養子とはいえ、二百石の青木家の後つぎになれたということだけでも妻の冷たい仕うちなどは、

(がまんしなければ……)

と、おもいおもいしてきたものである。

以和子との結婚生活は、およそ半年ほどであったが、その間、一つ夜具に寝たのは十本の指で数え切れるほどであった。

(おれは以和に、きらわれていた。たしかに……)

いまでも、そのことについては確信がもてる。

敵を討たねば故郷へもどれぬし、二百石の家柄を旧に復することも出来ぬ。これが武士の掟《おきて》である。

さりとて、その敵を討つ気も現在は消えた。

(ああ、もう勝手にしろ……)

その年、四十三歳になった青木七之助が何度目かの江戸入りをしたときには、むか

しの〔白兎〕も〔はげねずみ〕に変貌《へんぼう》していた。

秋だというのに……。

つぎはぎだらけの縞《しま》の単衣《ひとえ》の裾《すそ》をからげ、素足にわらじばき。腰には……腰には脇差《わきざし》一本という、みじめな姿である。

大刀も袴《はかま》も、すでに売り飛ばしてしまっていたのだ。

植村家の江戸藩邸へ路用の金をもらいに行ったのは三年前の春のことで、それが最後であった。

そのとき、養家の親類である青木伝五左衛門に、

「まこと武士なれば、今度あらわれるときには敵の首を持って来るがよかろう」

と、釘《くぎ》をさされてしまっている。

（もう、おめおめと敵討ちの費用なぞ取りに来るな。こっちが恥をかく）

と、青木伝五左衛門が言ったのと同様である。

だが、江戸へ入った七之助のふところには一文の銭すらない。

もう三日も腹の中へ食物を入れてはいなかった。無銭飲食をやって逃げ、逃げきれずに捕えられたことも何度かある。

江戸の、どこの町を歩いているのだか、見当もつかなかった。

笠《かさ》を深くかぶり、ふらふらと歩いて行く七之助は、病んでいた。躰《からだ》中が熱っぽく、口中は乾き切って、意識も朦朧《もうろう》としている。無銭飲食をする気力さえ無い。

その日は絶好の秋日和であった。

にぎやかな江戸の町のざわめきが、七之助の耳へ入っては消え、消えてはまた高まる。

笠の中の顔をうつ向け、竹の杖《つえ》にすがるようにして、とぼとぼ歩みをすすめる七之助は七十の老人にも見えたろう。

「ま、きたない乞食……」

などという若い女の声もきこえた。

全身が発熱のためにだるい。

(だるくてだるくて、たまらぬなあ……)

うめき声をあげつつ、腰をのばし、笠の中から空を見あげた七之助の眼が、そのぬけるように青い空を悠々と、ゆったりと飛ぶ一羽の鳶《とび》のすがたをとらえた。

(鳶が舞っているなあ。ああ……おれも、鳥になりたい……)

そう思ったのはおぼえているが、後の記憶はまったくない。

青木七之助は飢えと疲れと病気のため気をうしない、その場に崩れ折れるように倒れてしまった。

気がつくと……。

七之助は、やわらかいふとんの中にいた。

(ここは、どこだ?)

くびを、まくらから持ちあげようとしたが、まるで自分の肉体の一部とはおもえぬ重さで、息切れがしてしまい、

「う、うう……」

思わず、うめいた。

そのうめき声に気づいたらしく、部屋にいたらしい若い男が障子を開けて出て行くのを七之助は見た。

(どうしたのだ、おれは……ここは、どこなのだ……？)

部屋のつくりは町家ふうにおもえる。

どこかで三味線の音がきこえているし、別のどこかで女の嬌声《きょうせい》がする。

障子に陽ざしが明るい。

(おれは、めまいがして倒れた……そうだ、あのとき、青い空に鳶が……して見ると、まだあれから間もないのだな)

と、思ったそのとき、障子が開いて男がひとり入って来た。

四十がらみの巨漢で、町人、に見えた。

ただの町人ではないらしい。

ふとい縞の着物に白献上《しろけんじょう》・幅広の博多帯をしめ、茶の羽織を着たその男は左手に脇差をつかんでいる。

「気がついたか」

と、男がいった。

「は……どうやら、おたすけをいただいたようにござるが、拙者……」

「わかっている」

「え……？」

「おぬしがだれか、わかっているということさ」

「拙者を……して、貴公は？」

「わからぬかえ」

男が近づいて来、顔をさし寄せた。

「あ、ああっ……」

悲鳴をあげて、七之助が飛び起きた。

いままで頭も持ち上らなかったのに、である。

その男は、荒川平九郎であった。

髪も服装《みなり》も以前の彼とは全く違っている上に、ひたいから鼻わきへかけて凄《すご》い刀痕《とうこん》がきざまれてい、顔をさしつけられ、彼の声への記憶がよみがえるまでは青木七之助も気がつかなかったのだ。

（こ、殺される……）

必死であった。

泳ぐように両手を前へ突き出し、部屋から逃げ出そうとする七之助の躰が、ふんわりと抱きとめられ、抱きすくめられてしまった。

「は、離せ……離してくれ……」

「ほれ、おぬしの敵の首が眼の前にぶら下っているのだ。早く斬り落したらどうだな」

「だめだ、はなせ……」

「だめだ……？　こりゃあ、おどろいた」

「はなせ、は、は……はなしてくれ」

七之助は泣声になっている。

平九郎が豪快に笑い出した。

「もうよい、もうよいわ」

「はなせ、はなせえ……」

「互いに、苦労をしたものだな、七之助殿よ」

「え……？」

「おれが悪い。おぬしにまで、こんな苦労をかけようとは、な……で、どうだ、二人して斬り合ってみるか？」

「だ、だめだ。いやだ。とても、かなわぬ」

「ふむ。おぬし、正直無類のお人だな。では、どうする？」

「ここで死にたくない。逃がしてくれ」

「おれを討つ気はない？」

「討たれてはくれぬだろう、おぬしも……」

「そりゃ、むざむざとはな。おれだとて、いま死にたくはない。世の中が、おもしろくなってきたばかりだというのにな」

「世の中が、おもしろい？」

「うむ」

うなずいた平九郎が七之助の躰からはなした両手をぽんとうち、

「そうだ」

はずむように叫んだ。

「七之助殿よ。おれをも討たず、したがって故郷へも帰れぬというのなら、どうだ一緒に……一緒に、おれと暮そうではないか」

「おぬしと暮す……？」

「うまいものを食べ、女を抱き、酒をのみ、たのしい暮しが出来るぞ。いやか？　それとも、おれがきらいか、憎いか？」

「おぬしに対しては別に何の感情《き》もない。ただ、わしは、さむらいの掟《おきて》のままに、十九年も……」

「七年前であったかな、ほれ、袋井の旅籠《はたご》で、のぞき見をしていたのは七之助殿であったのだろう、な」

「いうな。それを、いうて下さるな」

「うわ、は、ははは……」

四

荒川平九郎は、武士を捨てていた。

江戸に居ついたのは五年前だそうだが、いまの平九郎は本郷《ほんごう》の根津《ねづ》権現《ごんげん》門前の料理茶屋〔むさしや〕の主人におさまっている。

ただの料亭の主人ではない。

門前町から宮永町《みやながちょう》へかけて密集している娼家《しょうか》の元締でもあるし、香具師《やし》の元締でもあるという。

「それはな……」

と、平九郎が青木七之助へ、このことを語ったとき、あぶらぎった血色のよい彼の顔へ陰惨なかげりが染《しみ》のように浮いて出た。

「これだけの縄張りというものを、おれはな、ちからずくでうばい取ったものだ」

それ以上のことは余り洩《も》らさなかったけれども、彼の顔にきざまれた刀痕が何も彼も物語っているように七之助には思えた。

七之助は七之助なりに、この十九年間、世の中の仕組の裏表をいやになるほど見せつけられてきていたからだ。

平九郎は名を変えている。

〔むさしや〕九兵衛が、いまの通り名であった。

彼の配下になってうごく無頼者や香具師たちは、

「そうよなあ、二百ほどもいようか」

と、平九郎はいった。

「こうなったら、気を楽にすることさ。敵討ちと敵持ちとが共に仲よく暮す……これもおもしろかろう、どうだな」

七之助も肚《はら》をきめて、うなずいた。

「よし、きまった」

平九郎は愉快げに手をうち、

「先《ま》ず、ゆっくりと、その病いを癒《なお》すことさ」

「よろしゅう、たのむ」

「心得た。大舟に乗った気でいることだ」

〔むさしや〕の奥の間で、やわらかなふとんにくるまれ、医薬の手をつくされて、七之助は、

（これは、ゆ、夢ではないのか……）

ただもう茫然《ぼうぜん》として日を送るのみである。

あのとき、根津権現社・北側の小笠原左京太夫抱屋敷《かかえやしき》の塀外で行き倒れたのを、通

りかかった荒川平九郎が見つけ出したのが奇縁となった。

(それにしても……)

なぜ、平九郎は自分を見出したとき、自分の息の根をとめてしまわなかったのか……。

「いや実はな、おぬしをここに担ぎこんでから、しめ殺してしまおうと思った。そうすれば、いっそ、さっぱりする。だが、こういっては何だが貧苦にやつれつくしたおぬしの顔を見ているうちに気が変ってしまった……おぬしには気の毒。すべては、おれの所業ゆえ、実の父でもない男の敵を討つため、いや討てよう筈《はず》もない敵の行方を十九年もさがしたずねて……それでな、こういうことになった。いや、何よりもおぬしがおれの申し出《いで》をこころよくききとどけてくれたのはうれしい。実に、おれは、うれしいのだ」

いいさしつつ、何と平九郎の双眸《りょうめ》には熱いものがあふれかけていたのである。

七之助も泪《なみだ》ぐんだ。

(だが……?)

日に日に、躰《からだ》へ元気がよみがえり、食慾《しょくよく》も出てくるのを感じながら、

(平九郎が養父を斬殺《ざんさつ》した原因は何なのだろうか……?)

七之助は、この疑問を十九年間、胸に抱きつづけてきている。それは自分の人生が狂ってしまった重大な〔瞬間〕であっただけに、

「どのようなことをきかされても恨みには思わぬ。わけをきかせていただきたい」

思いきって、いつか、平九郎にたずねたこともあったが。

平九郎は、一種微妙な笑いをうかべ、しばらくの沈黙の後に、

「ま、いま少し待ちなさい。つまらぬことだし、いまのおれとおぬしは、むかしの平九郎と七之助ではない。むかしのことはすべて忘れてしまおうではないか」

と、いう。

なるほど、そうかも知れぬ……と、七之助は思った。

(忘れよう、それがよいのだ……)

翌年の春になると、七之助の躰は回復した。

「こうして、ぶらぶらしていてもはじまらぬ。私に出来ることはないか？」

と、申し出るや、平九郎は、

「いくらもある。おれは外まわりがいそがしいのでね、七之助どのさえよければ、この店をまかしてもいいぞ」

「やってみましょう」

町人姿になって〔むさしや〕の、現代《いま》でいえば支配人のような役目をすることになった七之助だが、剣術とちがって算盤《そろばん》のほうは武家時代から達者（その才能を青木勘太夫に見こまれて養子に迎えられたほどだ）であったし、苦労をしつくしているだけに人づかいもうまく、店の女たちも大よろこびだし、客の評判もよかった。

根津権現の来歴は、よくわからぬようだが、古くは千駄木村《せんだぎむら》にあった小さな社《やしろ》だったものを、宝永《ほうえい》三年に上野不忍池《しのばずのいけ》の北面へうつし、幕府より社地六千三百坪をたまわり、社殿を造営したのだそうな。

同時に門前町屋もゆるされ、往来をはさんだ東西の町屋にならぶ料理茶屋は大小合せて三十軒におよぶという。

その一軒が〔むさしや〕であった。

料理茶屋といっても、むろん娼婦《しょうふ》を置いているし、この岡場所は、七之助が〔むさしや〕で暮すようになったころが全盛の絶頂期で、

「根津の茶屋町は世間もはばからず、日中《にっちゅう》よりの三味線、太鼓の音かまびすしく、まさに新吉原のごとき……」

と、ものの本にもある。

〔むさしや〕は娼婦二十余名をかかえてい、繁昌《はんじょう》をきわめていた。

武士たる者の身が料理茶屋の支配をするというのもおかしなものだが、青木七之助は乞食同様の無銭飲食までやった過去をもっている。

（あのときの私にくらべれば、なんでもないことだ）

平九郎……いや主人の九兵衛の信頼にこたえ、七之助は〔伊之助〕と名を変えて、商売にはげんだ。

月日が、嘘のような速度でながれ去って行った。

ここへ来て二年目に、七之助は女房をもらった。

根津からは程近い下谷《したや》・茅《かや》町の唐物《とうぶつ》屋・升《ます》屋仙右衛門の次女でお品というのがそれだ。

七之助は、お品との新世帯を池の端・七軒町にいとなんだ。

二人が夫婦になったのは、平九郎の口ききであって、お品は前に嫁に行ったこともあるが、半年たらずで亭主に死別れたのだという。七之助にしても四十をこえた身で、文句がいえたわけでもないし。（女とは……女房とは、こうしたものだったのか……）お品の肌身を抱くたびに、七之助は驚嘆し、歓喜の烈《はげ》しさに泣けてきそうになるほどだ。

お品は小柄だが、腰まわりにも乳房にも成熟がみなぎってい、全身をゆすりたてて、ひしと七之助の痩身《そうしん》へすがりついてくる。

むかしの妻、以和子はろくに寝衣《ねまき》も解かず、何かせきたてるようなあわただしさで〔事〕がすむや、さっさと床を出て自分の寝間へ去ってしまったものである。

七之助は養子になったとき童貞であったけれども、

（以和には、前に、たしかに男がいた）

それが、すぐにわかった。

それもこれも、二百石の後つぎになれると思えばこそ、七之助は一言も口に出したことはない。

それにくらべて、お品はどうだ。

惜しみなく豊満な裸身をさらし、にじむうす汗をぬぐいもせず、

「ここをこうなされて……」

などと、七之助の手をとって愛撫《あいぶ》をせがむ。

嫁に行ったことがあるだけに、身のまわりの世話もゆきとどき、七之助は〔むさしや〕から七軒町の我家へ帰るのを待ちかねるようになり、

「このごろ、商売に身が入らぬようだね」

などと平九郎から、からかわれたりした。

平九郎は〔むさしや〕に住んでいるが、妻も子もなかった。

五

その日。

七之助は、浅草観音境内にある〔ごふく茶屋〕の主人・清蔵をたずねた。ここは、まさかに娼婦を置いてはいないが、茶屋女もいるし、〔むさしや〕とは商売上のいろいろなつながりがあった。

用達しをすませて、昼すぎに、七之助は上野山下へもどって来た。

(ついでのことだ。家《うち》へ寄り、お品と昼御飯を食べよう)

思いたち、池の端・仲町へ出て不忍池を半周し、我家へ向った。

春もたけなわの、歩いていても眠くなるような日和であった。

七之助の家は慶安寺という寺の西側の小さな家で、寺の塀に沿って曲がると垣根ごしにささやかな庭も見える。

七之助は、すぐに庭へまわった。庭に面した部屋にお品が縫物でもしているのだろうと思っていたのだが……。

(おや……?)

このあたたかいのに、障子がぴしゃりとしめきってあるではないか……。

(どこかへ、買物にでも……)

何の気なしに、がらりと障子をあけ、

「ああっ……」

七之助は愕然《がくぜん》となった。

(むさしや)九兵衛が……いや荒川平九郎がお品を組みしいているのだ。

平九郎が、このごろめっきりと肥満してきた裸身をさらし、そのふといくびへ、お品の白い腕が巻きついているのを、はっきりと七之助は見た。

「おお、伊之助か……」

平九郎が七之助の変名で呼び、ゆっくりと身をおこした。

お品は、さすがに衣類をかきよせ、これでもって胸をおおったが、全身に血をのぼらせ、腰のふくらみから太股《ふともも》にかけて汗がびっしょりと光っている。

二人の男女の異様な体臭と、お品の白粉《おしろい》の香が入りまじり、部屋の中に息苦しいほどの匂いがたちこめている。

「お品。お、お前は……」

七之助がいいかけると、

「ま、障子をしめろ」

平九郎が、ゆったりという。

「うぬ!!」

七之助は我を忘れた。

お品へ飛びかかったのである。

だが、七之助の腕がお品へとどく前に、平九郎が横合いから、

「ま、待て」

七之助を抱きとめてしまった。

「畜生。は、はなせ」

「お品。どこかへ行っていろ」

と、平九郎。

女房を呼びつけにした平九郎への怒りが、猛然とこみあげてきた。

(二人は、前々から、こうしたことを……)

これであった。

お品が台所へ逃げた。

「待てっ、きさま……」

「ま、落ちつけ」

「はなせ!!」

「おれが悪い」

「うぬ、うぬ、うぬ……」

もがいたが、平九郎に抱きすくめられた七之助は手足をばたばたさせるだけのことで、

「ま、きいてくれ。いや、たしかにおれが悪い。どうも女には……美《い》い女には、おれはな、弱いのだわえ。な、七之助。ゆるしてくれ、もうせぬ。お品と別れてくれ。いや、ゆるしてくれるなら別れぬでもいい」

勝手なことをいう。

「どうも、おれはいかぬ。むかし……そうだ、いってしまおう。むかし、青木勘太夫を斬ったのも、おれという男がありながら、以和子におぬしという養子を迎えたからだ」

七之助は、何をいっているのか自分でもわからぬながら、わめきつづけ、どなりつづけていた。

「以和子とおれとは互いに、な……身もこころもゆるし合うていたのだ。それを父の

勘太夫が引きさいた。それが口惜しく、おれはあの夜、西念寺から帰る勘太夫を待ちぶせて口論の果てに、ついに、斬った……」

平九郎は率直に、正直にいう。

「おれには、こういう、思いこんだ女のためには前後を忘れるところがある。お品を見て、ついつい、たまりかねた。不義をしてしまい、すまぬ。な、これ、そうあばれるな。おれが、こうして万事をうちあけた気持にめんじて、ここのところはゆるしてくれ……こんなことでおれとおぬしの仲がこわれてはならぬ。な、そうだな七之助。わかってくれ、わびる。この通りだ」

お品が着物をひっかけて外へ逃げたと知り、平九郎もほっとしたらしい。

七之助が別に武器を持っているわけでもないし、たとえ持っていたとて、これを組み伏せる自信は充分にある荒川平九郎なのである。

「さ、この通り手をついて……」

いいさして、平九郎が七之助を突きはなし、両手をついた。

身に一糸もまとわぬ肥体のまま、手をついて頭を下げる平九郎の姿も珍妙なものであった。

突き放されたときの七之助の脳裡《のうり》には、殺された養父の顔も、以和子の顔もうかんではいない。いま、はじめてわかった彼らと平九郎との関係など七之助の耳には入っていない。ただもう、女房お品を平九郎にうばわれた怒りのみに逆上していたのだ。

突き放された眼の前に箱火鉢があった。

これに細い鉄製の火箸《ひばし》がさしこんである。

その火箸を二本、七之助がつかみ取って向き直った。

「あっ……」

叫ぶ間もないほどに、両手に火箸をつかみ、躰《からだ》ごとぶつかって来た七之助を平九郎の肥体が正面から受けとめた。

「ぎゃっ……」

すさまじい平九郎の悲鳴があがった。

七之助が平九郎に突き飛ばされ、毬《まり》のように庭先へころげ落ちた。

片ひざをつき、平九郎は自分の鳩尾《みずおち》(胸骨の下のくぼんだところ)へ深々と突き立った二本の火箸を引きぬこうとしていた。

「あ……あっ……う、うう……」

ぬけない。

あの七之助の嫉妬《しっと》に我を忘れたちからの恐ろしさに、七之助自身が呆気《あっけ》にとられた。

庭先にへたりこみ、いま彼は腰がぬけてしまったようだ。

「あ、ああっ……むう……」

全身を烈《はげ》しく痙攣《けいれん》させつつ、悪鬼のような形相で、ようやく平九郎が火箸をぬきとった。

ぬきとったときが、平九郎の最期であった。

口から血の泡をふき出し、荒川平九郎はうつぶせに倒れ、そのまま息絶えてしまったのである。

青木七之助は、この場から行方不明になった。

二十一年ぶりに敵を討ったことになるのだが、七之助は故郷へも帰らなかった。

荒川平九郎も〔むさしや〕九兵衛として、ほうむられた。

顔

うなぎの蒲焼《かばやき》という食物を創作したのは、むろん日本人であり、発生の地は江戸だという。

天明《てんめい》のころというと、現代《いま》から約百七十余年も前のことだが、うなぎの蒲焼は、そのころに上野山下、仏店《ほとけだな》の大和屋《やまとや》というのが始めて売り出したという。

だが、江戸末期の〔買物案内〕などにのっている大和屋の広告を見ると、

〔江戸元祖・かばやき所——元禄《げんろく》年中より連綿〕とある。

元禄といえば、天明より約百年も前のことであるし、その発生については……などと、うなぎの講釈をやっていたのでは、この物語の幕もなかなかに開《あ》くまいから、この辺でやめる。

さて——。

一説には、うなぎの蒲焼創始のころといわれる天明六年六月末の夕暮れどきに、上野山下からも程近い坂本三丁目の〔鮒屋《ふなや》〕半蔵《はんぞう》方で、無銭飲食をした客があった。

鮒屋は、うなぎの蒲焼を出すほかに、川魚の小料理もやるし、日光、奥州《おうしゅう》両街道への道すじにもあたる場所にあって、小さな店だが繁盛をきわめている。

「ふなやは酒もいいし、出す料理《もの》もうまい」

という評判で、吉原《よしわら》の廓《くるわ》へくりこむ客の中にも、ひいきが多い。

主《あるじ》の半蔵は四十がらみの大男だが、愛嬌《あいきょう》もあるし、はたらきもので、一日中うなぎや川魚を相手に倦《う》むことを知らない。

そのとき、半蔵は奥の部屋で、ひとり夕飯を食べていた。

「大串《おおぐし》を二人前も平らげた上に、酒を五合も飲みやがって……銭がねえもねえもんだ」

小女と共に奥へやって来た板前の栄次郎《えいじろう》が、こう知らせてから、

「でもねえ旦那《だんな》──ちょいとその、おっかねえ野郎なんで……」

「ふうん……」

半蔵は箸《はし》をおき、

「その食い逃げ野郎がかえ？」

「逃げやァしねえ、店にいますよ」

「ほほう……」

「感心していちゃいけねえ。どうします？　番所へ知らせましょうか」

「いいよ、おれが出てみる」

「気をつけて下さいよ。相手は狼みてえな目つきをしていますぜ」

「そうか」

「長い刀《の》をぶちこんでます」

「浪人かえ？」

「へえ……」

半蔵は、店へ出た。

うなぎの蒲焼が高級料理になったのは、もっと後のことで、この鮒屋の店も七坪の板張りへ竹の簀子《すのこ》を敷いた入れこみへ厚目の桜板を縦横にならべ、これが膳《ぜん》がわりになっている。

客も立てこんでいたが、騒ぎを知って一斉に部屋の片隅へ視線をあつめているところであった。

「もし……もし……」

と、半蔵は相手に声をかけた。

無銭飲食の浪人は板壁へ顔をこすりつけるようにし、背をこちらへ向けたまま、長々と寝ころんでいるのである。

身につけているものも、この暑いのにむさくるしい袷《あわせ》の着流しで、それはもう汗と埃《ほこり》にまみれぬいていた。

（いつ、入って来たのか……？）

半蔵は板場ではたらいていたので少しも気づかなかった。

「もし……ちょいと外へ出てくれませんかね」

浪人の肩を半蔵はゆさぶった。多勢の客の前で、無銭飲食をゆるすつもりはないが、

ら、

と、逃がしてやるつもりであった。

空腹《すきばら》へ、したたか酒を流しこんだため、その浪人者は荒い呼吸で肩を波うたせなが

「いいから、お帰んなさい」

外へ連れ出してから、

「ないぞ」

と、わめいた。

「ともかく外へ出てくれないかね」

「出ろというのなら、出る」

ふらりと立った浪人の顔を見やりもせず、半蔵は他の客へ、

「御迷惑をおかけしまして……口直しに私から――」

と、板場へ酒を命じた。

馴染《なじ》みの客たちは歓声をあげた。

一事が万事、この店の主人のとりなしはこうしたもので、それだからこそ一度来た

客は必ずまた足を運ぶのだ。

「後をたのむよ」

半蔵は、板場の栄次郎へ声を投げておいて、

「さあ、さあ――」

浪人の肩を突くようにして外へ出た。

表通りから角を曲った細路まで、半蔵は浪人の軀《からだ》を押すようにして行った。

「もういい。お帰りなさい」

そこで、半蔵がもう一度、肩を押すと、

「何をするかッ!!」

浪人が猛然と振り向き、おどろいたことに、いきなり抜き打ってきた。

半蔵は危くかわしておいて、浪人の腕を抱えこんだ。半蔵も必死である。

「うぬ……う、う……」

苦痛にゆがんだ顔をのけぞらせた浪人に、

「ば、ばかな……」

馬鹿なことをするものじゃアない、といいかけ、ほの暗い夕暮れの光の中で、半蔵は、はじめて浪人の顔をとっくりと見た。

その瞬間に、半蔵の顔から血の気がひいた。

浪人は血走った眼で、半蔵をにらみつけていた。

ものもいわず、半蔵はその浪人を突き放し、店へ駆け戻って来た。

怪訝《けげん》そうに集中する客や、小女や、栄次郎の視線を逃れるように、半蔵は奥の部屋へ走りこんだ。

「まあ……どうしたんですよ、そんな青い顔して……」

裏口から帰って来ていた女房のおしんが、只《ただ》ならぬ半蔵を見て立ちあがった。五歳になる息子の玉吉《たまきち》も、おびえたように父親の顔を見つめていた。おしんと玉吉は銭湯《ゆ》から戻って来たのである。

「いや、何でもない……何でもないよ」

そこへすわりこみ、半蔵はおしんに酒を命じ、酒がきて、これを一息にのみほしてから、板前をよんだ。

「いまの浪人、そこらに居やしねえか？」

「え……？」

「見て来てくれ」

栄次郎が戻って来て、どこにもいないと答えると、半蔵は、ふといためいきを吐き、

「よし。わかった」

急に声もあかるくなり、

「今日は早仕舞いにしよう」

と、いった。

その翌日の昼下りに、また、あの浪人者が店へあらわれた。

のっそりと上り込み、

「うなぎを出せ、それから酒だ」

とわめく浪人の声をきいたとき、

（また……）

板場で、うなぎをさいていた半蔵は、

（やっぱり、おぼえていたんだ……）

境いの格子口から顔を出し、

「また、来なすったね」

思わず、半蔵もにらみつけるように浪人者を見すえたものだ。

浪人は、にやりと笑った。

荒《すさ》みきった暮しがそうさせているのだろうが、浪人は四十がらみの年齢に見える。

だが、八年前に、この男を見た半蔵の記憶からすれば、まだ四十には間のある年齢に違いなかった。

さぐるように、半蔵は浪人の顔のうごき目のうごきを見守りつつ、

「今日は、銭をもって来なすったか？」

と、きいた。

「ない」

たたきつけるようにいって、浪人は、また笑った。

半蔵には、そのうす笑いが底の知れない不気味なものに見えた。

「酒を……」

首をひっこめ、半蔵は小女にいいつけた。

「酒を出してさしあげろ」

そして、不満そうに何かいいかける板前の栄次郎を「まあ、いいから――」と制した。

二

（おかしなやつだ、まったく……）

的場小金吾《まとばこきんご》は、根岸の御行《おぎょう》の松の前にある丹光寺という寺の境内へ入りこみ、その墓地の中へ莚《むしろ》をひろげ、寝そべりながら、

（あのうなぎ屋の亭主は、今日も、おれにたらふく飲まれ食われて、そのまま、おとなしく帰してよこした。妙な奴だな……）

むし暑い夜ふけである。

藪蚊《やぶか》もひどいし、とても寝ていられたものではないのだが、頭も軀もしびれるほどに酒をのんできた小金吾は、

（ああ……このまま、あの世へ行けたらなあ……）

わけもなく眠りこけて行きながら、そう思った。

蚊に食われることなどは何でもない。

この三年ほどは、冬も夏も、まんぞくに畳の上へ寝たことすらない小金吾なのである。

江戸に生まれた小金吾なのだが、刀は差していても乞食同様の流浪の旅をつづけにつづけて、江戸へ戻ったのは、この八年間に三度ほどしかない。

差している刀も、すっかり錆《さび》ついてしまっているし、昨夜はこれを引きぬいて、うなぎ屋の亭主へ斬ってかかったものだが、もともと小金吾は人を斬るだけの腕があるわけではない。

それでいて狂暴なまねが出来るというのも、

（いつ死んでもいい）

からなのだ。

今年で三十一歳になる小金吾なのだが、人生行手には何も見えない。

江戸に身寄りの者がいないわけではないが、小金吾にとっては他人同然といってよかった。

このあたりで、小金吾の過去についてのべておかねばなるまい。

小金吾は——麻布《あざぶ》永坂《ながさか》に屋敷がある二千石の旗本・戸田方之助《かたのすけ》の用人で的場金十郎《まとばきんじゅうろう》というものの子に生まれた。

一人息子だけに、両親は小金吾を、まるでなめまわすようにして育てあげたものである。

的場の家は、代々、戸田家の用人をつとめており、小金吾も当然、父の後を継ぐべき身であった。

年である。

安永《あんえい》八年というと、小金吾が二十四歳になり、四十八歳の父・金十郎が急死をした
金十郎は別に病身というわけでもなかったのだが、その朝の食事の折、味噌汁《みそしる》の椀《わん》を左手に取りあげたとたんに、うなり声を発して昏倒《こんとう》した。

駆けつけた医者は、

「心の臓でござるな」

といったが、そのときすでに、金十郎の息は絶えていた。

小金吾は、すぐさま、父の後をつぐことになった。

旗本の用人は、大名でいえば家老というべき役目である。

主人の戸田方之助は寄合《よりあい》の中でも、幅のきいた旗本だし、家柄も三河《みかわ》以来の名家だ。二千石の旗本ともなれば、用人、抱人、中小姓、若党などをふくめ、十四人の家来を抱えているし、これに召使いやら台所の下女までふくめると二十をこえる大世帯になる。

用人となった的場小金吾は、二十四の若さで、これだけの家の切り盛りに責任をもたねばならぬ。

父が生前、そのために小金吾へ「用人教育」をほどこしてくれもし、小金吾も父の代りに諸方へ出向いての外交的な役目も幾度か果したこともあり、

「心してつとめよ。なれど小金吾ならば、わしも安心じゃ」

と、主人もいってくれた。

しかし、大方のことはのみこめたつもりでいても、若い小金吾には、かなり骨の折れた役目であったといえよう。

母のまきが、

「こうなれば、一日も早う嫁を迎えて……」

などといっているうち、その年の春になると、これもまた、ぽっくりと死んでしまった。

今でいう肺炎である。風邪をこじらせたのが命とりになったのだ。

父の死にはあまり泣かなかった小金吾も、この母の昇天には声をあげ、子供のように泣きじゃくったという。

「むりもない。あれほど慈愛をそそぎ育てあげられた母御ゆえなあ……」

屋敷内の人々も、親類のものも、通夜の日の小金吾の悲嘆ぶりを見て口々にいい合った。

まあ、それはそれでよい。

とにかく、的場小金吾も一人前の用人としてつとめられるようになったのだ。

「嫁をさがしてやらねば――」

と、親類どもも急ぎはじめた。

だが、このときすでに、小金吾は恋人を得ていた。

名を、おゆきという。

おゆきは、芝口二丁目の菓子商〔海老屋六兵衛《えびやろくべえ》〕の三女で、去年の暮ごろから戸田家の召使いとして奉公に上っていた。

海老屋も名の知れた菓子所だが、そのころの商家の娘が武家奉公に上るのは、現代の子女が高校教育をうけるのと同じことであって、武家奉公をつとめあげた娘には箔《はく》がつくのである。

おゆきは、小金吾より六つ下の十八歳であった。

「可愛らしげな、まことに心ばえのよいむすめじゃ」

と、奥方にも気に入られているし、蘭の花を見るような美女で、清らかな中にも底に秘められた濃厚な情熱が小金吾には感じられた。

ことに、用人となってからの小金吾は、毎日のように奥へ入り、殿さまや奥方にも顔を合せるし、従って、おゆきの顔を見、口をきき合う機会も多くなった。

母を失ってからの小金吾が、急激に、おゆきに魅せられて行ったのも無理はないところで、彼もまた父親ゆずりの端正な美貌《びぼう》であったから、おゆきもまた……と、いうことになった。

用人が召使いと夫婦になることは、別に差しつかえはない。

「そのうちに折を見て、殿様にも申しあげ、夫婦になろう」

と、小金吾は、おゆきに誓った。

二人の間は潔白であった。

ところが、その年の初夏に異変が起った。

戸田家の別邸が、目黒にある。

殿さまの方之助は、この別邸へ静養に来て、そのとき身のまわりの世話をするため本邸からつきそって来た召使いの中にいたおゆきを犯した。

必死に逃れようとするおゆきの脾腹《ひばら》に当身をくらわせ、失神している女を思うさまになぶったのである。

本邸へ戻って来て、おゆきはこのことを小金吾にうちあけた。

小金吾にさえゆるさなかった純潔を非業にむしりとられたのだ。

「殺して下されませ」

懐剣をぬき、小金吾の手にそえて泣き叫ぶおゆきに、

「こうなれば……」

小金吾は決意をした。

殿さまの居室へ押しかけて行き刺し殺してやりたいのは山々だが、小金吾には、とてもそれだけの勇気はない。

つまるところ、戸田家の金・四十七両余を拐帯し、小金吾は、おゆきを連れて脱走したのである。

旗本の用人といえば、もちろん公儀にも届け出てあるし、公務の上で主人に落度で

もあるときは、共に切腹の覚悟がなくてはならないほどだ。

その重職にあるものが主家の金を拐帯した上に、召使いを連れて逃亡したということになれば、とりも直さず不義密通のレッテルをおされることになる。

けれども、小金吾が殿さまにする抵抗といえば、それ位が精一杯のところだったといえよう。

二人は逃げた。

逃げて逃げて、中仙道を信州・小諸《こもろ》まで来て、

「もう大丈夫だ」

小金吾も、ほっと息をついた。

四十七両という金は、なみなみのものではない。そのころの庶民の暮しが、切りつめれば五年以上も保《も》つだけの金である。

「両刀を捨ててもよい。人目につかぬどこかで、ひっそりと二人で暮そう」

と、小金吾がいえば、

「嬉《うれ》しい。明日に命がなくなってもかまいませぬ」

おゆきも、小金吾の胸に抱かれ、うわごとのように「嬉しい」とか「いつ死んでも……」とか、いいつづけた。

小諸の巴屋《ともえや》という旅籠《はたご》の一室で、二人は若い情熱をぶつけ合い、何度も無撫《あいぶ》し合った。

その夜更けである。

疲れ果てて眠っている的場小金吾であったが、

(や……?)

異様な気配に目がさめると、どこから入って来たのか怪しい大男が、小金吾の夜具の下から胴巻をつかみ出している。

「曲者《くせもの》!!」

叫んで飛びおき、夢中で、小金吾は泥棒につかみかかった。

後のことはよくおぼえていない。

うすぐらい行灯《あんどん》の灯に大男の、ぎらぎら光る眼とふとい鼻が見えただけで、すぐに、
小金吾は気を失った。

大男が手にした棍棒《こんぼう》で小金吾の脳天を撲《なぐ》りつけたからである。

気がつくと、朝であった。

四十両余を盗んで逃げた曲者は、ついに捕まらなかった。

無一文になった小金吾とおゆきだが、うっかり身分をあかすわけには行かない。

隙を見て、また逃げた。

それからの、二人の生活をくだくだとのべるまでもあるまい。

一年後に、おゆきは死んだ。

苦しい旅の連続が、か細い彼女の一切を奪ってしまったのだ。

おゆきが死んだのは、奥州・水沢《みずさわ》宿の近くにある須江という寒村の古びた地蔵堂の中に於《お》いてであった。

それからの的場小金吾の荒《すさ》み切った流浪の人生については、もはや語るまでもあるまい。

小金吾は、小さな悪業を重ねつづけ、ダニのように生きて来たのである。

うなぎと酒の食い逃げをすることなどには、もう不感症になっていた。それでいて、自殺をとげるだけの勇気も、小金吾にはなかった。

いままで、一度も牢《ろう》にぶちこまれなかったのが不思議なほどであった。

三

八年前に小諸の旅籠で、的場小金吾の金を強奪したのは〔鮒屋〕の主人・半蔵である。

もっとも、そのころの半蔵は、うなぎ屋の主人なぞではなかった。

「若いころのおれなぞというものは、とてもとても、お前に話してきかせられるようなものじゃアねえ」

半蔵は、女房のおしんにも、その程度しか過去を語らない。

半蔵は捨子であった。

拾ってくれたのは、浅草三間町の裏長屋に住む叩《たた》き大工であったが、半蔵が八歳に

なると、

「もう一人前だ。これからはひとりでやって行きねえ」

さっさと、丁稚《でっち》奉公に出してしまった。

五人も子持ちの貧乏な職人が、道ばたに捨てられていた半蔵を、それでも八歳まで育ててくれたのである。

感謝しなくてはならないところだが、それは無理というものである。

半蔵は、はじめから捨子として育てられた。

大工の子供たちとは、たとえ干魚の一片をあたえられるにつけても、

「お前はうちの子じゃアないんだからね。ほんとうにうちのひとも、すいきょうなまねをしたもんだ」

大工の女房は、きっぱりと区別をした。

四つのときに捨てられた半蔵は、両親の顔もおぼえていない。

母親だと思える女と、夜ふけの町をうろうろ歩きまわり、泣き叫んでいた幼い自分の姿だけが、ぼんやりと思い出せるのみであった。

世の中へ出てからの半蔵は、こうした幼年期を背景にして成長をした。

体も大きい上に狂暴な性格になり、どこへ奉公に出てもつづかなかった。

十八のときに、渡り仲間《ちゅうげん》になった。

口入れ屋を通して、大名や旗本の屋敷の仲間部屋を渡り歩くのである。

酒も博打《ばくち》も女の味も、半蔵は、またたく間におぼえこんだ。

三十六になるまで、半蔵は渡り仲間で暮した。

荒っぽい仲間部屋の歳月は、彼の軀《からだ》にも数か所の刃物による傷痕《きずあと》をつけていたし、仲間内では評判の暴れ者で通っていたのだ。

安永七年十二月七日の夜――。

そのころ半蔵は、麴町《こうじまち》の南部丹波守《たんばのかみ》屋敷の仲間部屋にいたのだが……。

南部家の家来で石坂平七郎《へいしちろう》というものと屋敷内で喧嘩《けんか》になり、半蔵は、その場で石坂平七郎を刺殺してしまった。

石坂の帯している脇差《わきざし》を、すばやく奪いとって刺したのである。

すぐに、逃げた。

悪行のかぎりをつくしてきたとはいえ、人を殺したのは、はじめてであった。

江戸を飛び出した。

翌年の夏に、信州へ入ったときの半蔵は、みすぼらしい旅姿で、それでも追剝《おいはぎ》や博打で得た金の残りが心細げにふところにあった。

小諸の旅籠〔巴屋〕の二階座敷で、半蔵が泊った部屋は、的場小金吾とおゆきのいた部屋のとなりであった。

襖《ふすま》一つをへだてたこちら側の部屋で、半蔵は息をころし、隣室の二人の会話をきいた。

「まだ四十両はあることだし、どうにかなろうよ」

という小金吾の声が耳に入ったのである。

むろん二人が、飽くことなく語り合う不幸な身の上もきいた。

(可哀想に……)

思いはしたが、

(四十両は捨てておけねえ)

半蔵は、宿の土間から棍棒を見つけ出して来て、二人が眠りこむのを待ち、忍びこんだ。

金の入った胴巻を引きずり出したとき、しがみついた若い侍が、かっと両眼を見ひらき、凄《すさ》まじい形相で自分をにらみつけた。その顔を半蔵は、はっきりとおぼえている。

それにもまして、

「そのお金は、私たちの命でございます。どうか、お助けを……」

若い侍を撲りつけたあとで、白い眼をつりあげ、半蔵の足へしがみつきながら哀願をした女の声が、八年後のいまも半蔵の耳に残っている。

そのときの侍が、見るからに凶暴な、かつての自分を見るような姿で店にいるのを見たときは、

(ここで騒がれては、客の迷惑になる)

と思っただけで、とにかく外へ連れ出したのである。

場合によっては、いくらか包んでやってもいいとさえ思っていたのだ。

ところが、切りつけて来た相手の腕を夢中でつかみ、その顔をはっきりと見たとき、

（とうとう来やがった）

あわてて、相手を突放し、家へ逃げ帰った半蔵だが、

（おぼえていねえようだな、おれの顔を……）

相手は八年前の恨みを叫んだりはしなかったではないか。

ほっとすると同時に、

（あの四十両が、おれと、あの侍の運命《さだめ》をきめてしまったんだ）

すまないと思った。あの若々しい二人にとって、半蔵が盗みとった四十両は、まさに〔命〕であったに違いなかった。

いまの半蔵は、むかしの半蔵ではない。

十七も年下の女房と五つの可愛い男の子を両手に抱え、みちたりた家庭の幸福を六年間も味わいつづけてきている。

それだけに、あの夜の翌日、ふたたび、的場小金吾が店へあらわれたのを見て、慄《りつ》然《ぜん》とした。

小金吾のうすら笑いは、半蔵の不安を強烈なものにした。

（笑っていやァがる……やっぱり、知っているんだ。それに違えねえ）

酒の用意が出来ると、半蔵は自分でそれを持ち、小金吾の前へ出て行った。

外は、目もくらむような炎天であった。

小金吾は蠅を払いのけながら、

「うなぎもたのむぜ」

と、いった。

酒をおいて、半蔵は思いきってきいた。

「御浪人さん。いったい、いくら欲しいんだね」

小金吾が、ぎょろりと半蔵を見返したが、声はなかった。半蔵は、いらいらと、

「いってみてくれ。話に、のろうじゃないか」

「ふうん……」

「そっちから切り出してくれないかね」

「ふうん……」

半蔵は焦って来た。

(こいつ、金で承知をしてくれるか、どうか……)

むろん四十両などという大金がある筈《はず》はない。

だが、返せというなら身を粉にしても返そう、それで何も彼も忘れてくれるなら……。

「いってみてくれ。いって下さいよ」

半蔵の声がふるえてきた。

小金吾は、また声もなく笑った。前歯が二本欠けている。

ごろりと寝そべり、酒を茶わんに入れながら、小金吾がいった。

「百両――」

四

ふしぎなことである。

的場小金吾には、うなぎ屋の亭主の気持が、わからなかった。

(おれのことが、そんなに怖いのかな……それにしても、おかしい)

まさか百両などという大金をよこしたわけではないが、

「とりあえず、これを……」

亭主が、じいっとこっちの顔色をうかがうようにしながら、紙に包んで出した金を、

「そうか」

あっさりとうけとり、外へ出てからひらいて見ると、一両小判一枚のほかに細かいのを合せて三両二分ほど入っていた。

たとえ三両でも、いまの小金吾にとっては大金である。

先ず、古着屋で麻の夏着を買った。しゃれこむつもりではない。垢《あか》くさい袷《あわせ》がいかにも暑苦しかったのだ。

それから小金吾は、深川の岡場所へくりこんだ。

富岡八幡宮《とみがおかはちまんぐう》裏手の、堀川に面した一帯に立ちならぶ娼家《しょうか》の一つへ上りこみ、その夜の小金吾は、酒と、肌は白いがぶよぶよに肥《ふと》った女の軀《からだ》へ溺《おぼ》れこんだものである。

三日のうちに、三両二分をつかい果してしまうと、

（また行ってみるかな……）

小金吾は、ぶらりと坂本へ足を向けた。

食い逃げをゆるしたばかりではなく、向うから「いくらほしい？」ときき、三両もの金を見ず知らずの男にあたえる亭主の気持が、どうにも小金吾には呑《の》みこめない。

つまり小金吾、小諸での半蔵の顔をまったく見おぼえていなかったということになる。

（強く出て、おれに仕返しでもされると怖いのか……それにしても、あの大きな図体《ずうたい》をしていやがって、気の小せえ男だな）

江戸の町は無警察ではない。

坂本界隈《かいわい》にも番所はあるし、お上《かみ》の息のかかった者もいる筈《はず》なのである。

（なあに、捕まったらそのときのことだ）

〔鮒屋〕の、のれんをくぐった小金吾は、さすがに蒼白《そうはく》となって飛び出して来た半蔵へ、

「うなぎと、酒だ」

と命じ、ぬたりと笑って、

「それから、小づかいもな」

半蔵は答えなかった。

だが、帰るときの小金吾のふところには、かなりの重味を感じさせる紙包みが入っていたのだ。

やがて、秋が来た。

そして、いつの間にか冬になった。

「もう……もう、がまんが出来ません」

と、たまりかねたように女房のおしんが、半蔵にいった。

「このままじゃア、こっちが潰《つぶ》されてしまいますよ、お前さん——この半年の間に、あの浪人さんへあげたお金は二十両にもなるんです」

「だから、いってあるじゃねえか……あのお人は、おれの恩人の息子さんなんだと……」

「それだけですか、たったそれだけしか、女房の私には打ちあけてくれないんですか」

めっきりと痩《や》せこけた顔をうつむけ、半蔵は、いつものように沈黙の堅い殻の中へとじこもってしまった。

半蔵にしてみれば、もう疑うべき何ものもなかった。

あの浪人は、あのときのおれの悪事を楯《たて》にとり、どこまでも、おれをしぼりつくそうとしている……それでいて、

「もう、かんべんしておくんなさい」

と、両手をつき、あからさまに、あのときのことを口にのぼせ、浪人にあやまることが出来ない半蔵なのである。

口にするのは、尚、おそろしかった。

口にしたら最後、相手は最後の手段に出る。どんな復讐《こと》をするつもりか知らないが、半蔵は一度に破滅の淵《ふち》へ落ちこんでしまうことだろう。

(何とか……このままで時をかせぎ、そのうちに、あのお人が、おれを可哀相だと思ってくれさえしたら……)

むかしの半蔵なら、浪人の一人や二人は何でもないが、いまは可愛い子と女房を抱えている。

四十をこえた軀にも昔ほどの力はないし、騒ぎでもおこして、これがお上にでも知れたら、女房も知らぬ半蔵の旧悪はすべて白日の下にさらされることになるのだ。

暗い明け暮れの連続であった。

亭主の陰鬱《いんうつ》な様子は、たちまち、店の景気にも反映した。

客も前ほどには来なくなったし、板前の栄次郎も、つい一月ほど前に、ぷいと飛び出したまま、戻っては来なかった。

「わからねえな。親分があんな野郎に大金をめぐんでやるなんて——いったい、どうしたわけなんです?」

と、栄次郎が問えば、

「むかし、世話になった人の……だから、このことは決して他へもらしてはいけねえよ」

そう答えるのみであるから、

「ばかばかしくって話にもならねえ。あの野郎が店へ入ってくるとへどが出そうになる」

若い栄次郎も面白くなくなり、

「このごろじゃア、親分のしょぼしょぼした顔を毎日見ているだけでも、気が滅入《めい》りますよ」

などと、あけすけにいったこともある。

女房のおしんも、来るたびに、一両、二両という金をせびりとって行く不思議な浪人にわけもなく屈服している亭主を見ていると、

「これから、いったいどうなるんですよ」

おとなしい女房が見違えるように、とげとげしくなった。当然のことだ。女には家があり、男があり、子がなくてはならない。

「いざとなったら、また出直そうよ……そうだ、江戸を出てもいい」

などと、虚脱したようにつぶやく半蔵の言葉だけでは納得が行くものではなかった。

半蔵が、おしんに出合ったのは、あのとき小諸の夜を逃げ、一散に和田峠を越えて諏訪《すわ》に出て、下諏訪の旅籠《はたご》〔丸屋〕へ草鞋《わらじ》をぬいだときであった。

おしんは、丸屋の女中をしていた。

半蔵は、次の日も丸屋からうごかなかった。

おしんの人柄が、母も知らず、女の情も知らぬ半蔵の荒《すさ》みきった胸の中へいっぱいに、あたたかいものを流しこんでくれたのである。おしんもまた、早くから両親を失っていたのだ。

二日が五日になり、半蔵は半月も丸屋へ滞在した。

さいわいに温泉《ゆ》の宿であった。

「どうも、私の病気に効くようだから……」

といい、半蔵は胴巻も宿へ預けたものである。

このときから、半蔵の人生が変った。

何といっても、好きな女が出来た上に四十両という金があるのだ。

半蔵は、江戸の浅草で料理屋をやっているといい、丸屋の亭主・万右衛門へもちかけ、おしんを江戸へ連れて行くことに成功をした。

(もう二年も江戸を留守にしているんだ。帰っても、むかしのおれは消えているさ)

江戸へついてから、おしんにいった。

「実はな、おれも永い間、旅ではたらきつづけて来て、江戸に店なぞありゃアしないのだよ。だが、店を出すために帰って来たのだ。そのための四十両さ。この金をためるのに十年もかかった……」

おしんは、いささかも疑うことを知らない女であった。

五

天明七年の正月がきた。鮒屋は、火の消えたようになった。小女も一人きりになっている。

半蔵は、ひとりきりで魚をこしらえ、うなぎをさいた。

客も、めっきりと減り、

「この頃の鮒屋のさびれ方はどうしたものだ」

「店の中が陰気になってしまい、酒をのむ気分にもならねえ」

などという評判がたちはじめている。

半蔵とおしんの夫婦喧嘩《げんか》も絶えない。

六つになった玉吉までが、すっかりおびえ切ってしまい両親《ふたおや》の顔色ばかり、うかがうようになった。

二月七日の夕暮れであった。このところ、しばらく姿を見せなかった的場小金吾が、

「寒いねえ」

にやにやしながら、久しぶりで鮒屋へあらわれた。

朝から雪もよいの空で、冷えこみが激しい。

そのとき、店にいた客は職人風の中年男が一人きりで、どじょう鍋《なべ》をつつきながら酒をのんでいた。

「うまそうだな」

と小金吾が、その客のどじょう鍋を見て、

「おれにも、どじょうをくれ――いうまでもねえが酒は熱くしてな」

「へえ……」

小女が去ると、板場の戸口から半蔵が、ちらりと顔を見せた。

憔悴《しょうすい》し切っているその顔を横目で見やり、

(まったく、どうかしていやがる……この店は、おれが食いつぶしたようなものなのにな……それでもまだ、手を出そうともしねえ。よほど気の小せえ奴なんだ。だが……)

考えれば考えるほど妙なことなのだ。

それにもう小金吾は、

(おれはもう、ものを考えることなぞしたくはねえのだ)

なのである。どんなかたちでやって来るのか知れたものではないが、むしろ静かに、小金吾は破滅を待っていたのだ。

（なぜ早く、おれを突き出さねえ。おれはここへ来るたびに、お上の手がまわるのを今度か、この次かと思いながら、やって来ているのになあ……）

どうでもいい、と考え直し、その日も、小金吾は、したたかに酒をくらい、夜になってから腰をあげた。

「おい……」

戸口で、板場へよびかけると、

「これで、がまんをしておくんなさい」

半蔵が、震える手で紙に包んだものを出した。

「そうかい、もらっておくぜ」

などと答えていたのは、はじめのうちだけで、この頃の小金吾はものもいわずに摑《つか》みとって、ふところへねじこんでしまうのであった。

「あばよ」

外へ出ると、ちらちらと降り出していた。

紙の中には一分銀が二つ入っていた。

（ふん）

鼻でせせら笑ったが、小金吾の顔は変に硬張《こわば》っていたようだ。

（今夜は、どこを寝ぐらにするか……）

道を右へ切れこむと、突当りが要伝寺という寺で、その向うに田圃《たんぼ》がひろがっている。

（このまま、凍え死んでしまいてえなあ……）

ふらふらと雪の中を歩いて行く小金吾のうしろから、

「お待ち下さいまし」

声が、かかった。

「だれだね」

「ふなやの女房でございますよ」

「ほう……」

要伝寺の門前であった。

おしんは半蔵にもいわず、そっと裏口からぬけ出し、小金吾を追って来たものらしい。

「いいかげんにしてくれませんか」

おしんが、つかつかと進みより、小金吾の目の前へ恐れ気もなく立ち、

「いったい、どういうつもりなんでございます。どういうつもりで、私たちをいじめるんでございます。いって下さい。いつまで、私たちをこんな目にあわせるつもりなんです」

嚙《か》みつくような、すさまじい女の声をきいて、小金吾は、がくりと肩を落した。

「そうか……お前さん、あの亭主の女房なのか」

「もう、がまん出来ません。今まで、うちのひとにとめられていました。でも、この上、ひどい目にあったら私たちも……いいえ、たった一人の子供までも、みんな泥沼の中へ落ちこまなきゃならないんです」

「客も、めっきり減ったようだな」

「御立派に刀をさしていらっしゃるお人が、どうして、こんなまねをなさるんです」

「ふん……」

小金吾は自嘲《じちょう》して、

「いいともよ」

うなずいたものである。

「な、何がいいんです……」

「おかみさん、もう、おれは顔を見せねえ」

「え……？」

「安心しろと、亭主につたえておけ」

「ほ、ほんとでございますか」

「おれも、女だけにはかなわねえ。お前さんに、こう出られちゃア、手も足も出なくなったよ。おれは、そういう男なんだものなあ」

「あ、ありがとうございます、あ、ありが……」

おしんがそこへ坐《すわ》りこみ両手を合せて小金吾をおがむかたちになった。

「こ、この通りでございます、この……」

「よしねえ」

小金吾は遠ざかりつつ、

「帰ったら亭主につたえておいてくれ、いろいろすまなかったとな……何だか、わけがわからねえのに、永い間、すっかり、めんどうをかけちまった。ほんとにわけがわからねえのだよ、お前さんの御亭主の親切というものがさ」

小金吾は身を返し、走るように、また坂本の通りまで戻って来た。

(鮒屋)の戸口の提灯《ちょうちん》が、ぽつんと見える。

(ああいう女に出られちゃアおしめえさ)

小金吾にとってはふところの二分が最後になったわけだ。

(まあいい。山下の娼婦《けころ》でも買うか……)

車坂へ出た。

右手は堀川で、その向うに寛永寺の塔頭《たっちゅう》が軒をつらねている。

そこまで来て、小金吾は息が切れて来た。

(のみすぎたかな……)

雪がふる暗い道端にしゃがみこみ、小金吾は汚物を吐いた。

しばらくそのままにしていると、すぐ前の御徒《おかち》組屋敷の塀を曲ってきた二人の男が、

「今一度きくが、たしかなのだな、その鮒屋という店の亭主が半蔵めだというのは…

…」

「まちがいございませんよ。前には仲間部屋《ちゆうげん》で一つ釜《かま》の飯を食っていたのでございますから――」

かがみこんでいる小金吾に気づかず、組屋敷の塀の角のところへ、二人は立ちどまった。

一人は、立派な風采《ふうさい》の侍である。一人は、仲間風の中年男であった。

小金吾は息をころして二人をうかがった。鮒屋ときいたからである。

「ともかく、わしは半蔵の面《つら》を知らぬ。半蔵に弟の平七郎を殺され、その仇《あだ》を討つというても相手は毛虫のような奴だ。その上、弟の仇討ちゆえ表向きにも出来ぬ」

「ごもっともで――」

「たしかに見まちがえはないな」

「ございませんとも――今朝方、三《み》ノ輪《わ》の御下屋敷へ御用があり、その帰り道、坂本へ通りかかると……半蔵のやつ、表へ出て、どじょうをこしらえておりました。はっきりと何度もたしかめたことなので――」

頭巾《ずきん》をかぶった侍は、財布を出し、金を包んで仲間にやった。

「行けい。あとはわし一人でやる。弟の恨みをはらしてやる」

「首尾ようなされませ」

「だが、このことは他にもらすなよ」

「へへ……こう見えても口はかてえ男《め》でございますよ」

「表向きになっては何かとめんどうゆえな」

「わかっておりますとも――」

「帰れ」

侍が歩き出したとき、的場小金吾は身を起し、ふらふらと近づいて行った。

「何者か？」

と、頭巾の中の眼が小金吾を見とがめた。

「わけは知らねえが……」

小金吾は侍の前へ立ちはだかり、

「鮒屋の亭主の首をとるのだってね」

「何――」

「いまそこで、すっかりきいたが……」

「おのれは……」

「わけのわかからねえことばかりだが……」

と、小金吾が首をふったとき、まだそこにいた仲間が、

「何だ何だ、てめえは――」

威勢よく駆け寄り、小金吾の胸元をつかんだ。

「うるせえ」

叫ぶや、小金吾は身を引き、いきなり仲間を斬った。錆刀《さびがたな》なのだが、おそろしいほどうまくきまって、

「わあ……」

脳天を割りつけられた仲間が、のめりこむように堀川の中へ落ちた。

「おのれ」

頭巾の侍が飛び退いて抜刀した。

（こいつ、おれの腕で斬れるかな……）

小金吾は刀をかまえつつ、

（これで死場所が出来たな、おれも……）

と思った。ちらりと、小金吾の脳裏を、死んだおゆきのさびしげな顔がよぎって行った。

（うまくやっつけたら、おい、鮒屋の亭主。お前さんに恩返しをしたことになるなあ……）

あとは夢中であった。

この十年の暗い人生の中で、このときほど的場小金吾が充実し切っていたときはない。

得体も知れぬ闘志が全身にわきあがり、小金吾は、じりじりと相手に迫って行った。

小金吾の脳裏には、鮒屋の亭主の顔なぞ、もう浮かんではいなかった。

（おれはなあ……お前さんの亭主のためにやるのだぜ）

胸のうちで鮒屋の女房へ呼びかけ、小金吾は低く身をかまえた。

相手も、もう物をいわない。

双方の間合が、少しずつ縮んで行った。

「野郎!!」

けだもののような声を発し、軀《からだ》をぶつけるように小金吾が錆刀を相手の腹へ突き通したとき、小金吾もまた頭から首すじへかけて火のような衝撃をうけていた。

たまぎるような相手の絶叫をきいたように思ったが、すぐに、的場小金吾の意識も絶ち切られた。

仇討ち狂い

一

路《みち》に蝙蝠《こうもり》が飛び交っていた。

風の絶えた、夏のむし暑い夕暮れである。

小林庄之助《しようのすけ》が、浅草・阿部川《あべかわ》町の正行寺傍《しようぎようじわき》の住居《すまい》へ帰って来ると、表戸が内側から閉められ桟が掛けてあった。

町家《ちようか》ではあるけれども、この家は正行寺の地所にたてられた一軒建ちで、新堀川に面した表通りから二側目の草地の中にあった。

(弟も、定七《さだしち》も留守のようだな……)

庄之助は、何気なく裏口へまわった。ここの戸も閉まっている。

弟の伊織《いおり》や、家来の原田定七も、それぞれに敵《かたき》とねらう大場勘四郎《かんしろう》の姿をさがして江戸市中を歩いていることだし、たがいに留守のときは垣根を越え、草原《くさはら》に面した縁先から出入りをすることにきめてある。

(それにしても、定七、帰りがおそい。あの男、このごろは気をゆるめておる。けしからん)

故郷《くにもと》にいたころから、あまり健康な体質でなく、父の敵をさがしての旅も今年で三年目になる小林庄之助だけに、いつも神経がいらだち、つまらぬことにも癇癪《かんしやく》をたて、

弟の伊織なぞは、蔭《かげ》へまわると、

「兄上があれでは、とても敵の首など、討ち取れはせぬよ。大場勘四郎は強いからな」

まるで他人事《ひとごと》のように定七へささやいて、ぺろりと舌を出して見せたりする。

小林庄之助が縁先の障子をがらりと開け、一足ふみこんで、

「あっ……」

と、叫んだ。

六畳二間に台所。それに半二階と物置きのような小部屋、という間取りの家であるが、その台所に面した六畳で、真裸の男と女があさましくからみ合っていたのだ。

男は、家来の原田定七。

女は、新堀川の向うの竜宝寺門前にある〔三沢や〕という茶店の茶汲女《ちゃくみおんな》で、お菊というものであった。

「おのれら、何をいたしておるか!!」

庄之助が布を引きさいたような声で、

「定七。おのれ、主人の家に、このような女を引きこみ、みだらにたわむれておるとは……おのれ、おのれ!!」

「きゃっ……」

女は、裸体のまま、着物を抱えて台所の土間へ逃げた。

せまい屋内にたちこめている夕闇が生ぐさい。

その夕闇の中に、肥肉《ふとりじし》の女のまるい肩や乳房が汗にぬれつくしているのを庄之助は見た。

ごくりと、庄之助が生つばをのんだ。

(主人の、わしでさえ、女を絶っているというに……けしからぬやつ!!)

三十二歳の原田定七は、裸体の下半身を着物でかくし、うなだれていた。

たくましい体軀《たいく》の、この男は、もと小林家の若党をつとめてい、剣術もよくつかうし、こころも利いた者というので、仇討ちの旅へ連れて出たのであった。

「定七。おのれは……」

「申しわけもございませぬ」

「だまれ!!」

「は……」

定七の躰《からだ》も、汗びっしょりで、その汗のにおいと、女の白粉《おしろい》のにおいが入りまじり、小林庄之助の鼻腔《びこう》をするどく刺した。

その、情欲《じょうよく》そのものといってよい強烈なにおいを嗅《か》いでいるうちに、庄之助は我を忘れてしまった。弟の伊織は、江戸へ住みついてから、適当に岡場所の女たちを買ったりしているらしいが、伊織とは二つちがいの兄で、病弱ながら(いや、病弱ゆえにというべきであろう)女体への渇望は人一倍つよい庄之助だし、しかも彼はまだ二十六歳の現在まで女を知らぬ。

それだけに弟の早熟ぶりへも、故郷にいるときから一種のねたみを抱いていたし、だから尚更《なおさら》、このときの原田定七への怒りが狂的なものとなっていったものか……。

「ぶ、ぶれいものめ!!」

いきなり、庄之助は大刀をぬき、定七を斬った。

斬ったといっても、さすがに〔殺意〕はこめられていない。第一、人を斬ったこともない小林庄之助がふるった刃だけに、

「あっ……」

飛び退《の》いた原田定七の左肩から血がふき出したけれども、定七は、もう無我夢中のかたちで台所の戸を外し、

「お菊……」

叫ぶや、女の腕をつかみ、外へ飛び出して行ってしまった。

庄之助は、暗い部屋へすわりこみ、わなわなとふるえつつ、自分の昂奮《こうふん》をもてあましていた。

しばらくたち、彼が戸外へ出てあたりを見まわしたときには、原田定七の姿は、どこにも見えない。

夜ふけて……。

弟の伊織が帰宅した。

庄之助は夜具の上へ、死んだように横たわっていた。

「どうなされた、兄上」

伊織が酒くさい息を吹きかけて、きくと、庄之助が口惜しげに、先刻の様子をはなした。

伊織は、さもおかしげに笑った。

「ばか!! 何がおかしい」

「定七だとて男だ。茶汲女を引き入れてたわむれていたとて……別に、なんということはない」

「なにをいうか!!」

「兄上も、たまには気ばらしをなさることだ」

「だまれ。きさまは故郷にいるときからそういうやつだ。われら兄弟は父のかたきを討たねばならん身だ。それを……それを忘れたのか、きさま」

「忘れはしませぬよ。だが、むだのようだな」

「なに……!?」

「かたきの大場はつよい。とても正面からは討てぬ」

「だまれ」

「たのみにするのは定七の剣術なのに、その大切な男をなぜ……兄上、斬ったのですか、定七を……」

「き、斬った……だが、死にはせぬ」

「あたり前です。あの男は十七のころから小林家へ奉公をして、実直にはたらくし、父上が目をかけ、文字も教え、剣術も仕込ませ、若党に取りたててやったほどなのだ。それだけに、定七は亡き父上のうらみをはらすためには、われら兄弟同様の執心をもっていた筈《はず》です。大切な味方だ。それを兄上……」

「うるさい」

「癇癪をたてたところで、かたきは見つからぬ」

「きさまままでも……きさまままでも、わしにさからうのか!!」

庄之助が狂人のように、伊織へつかみかかり、あたまをなぐりつけた。

伊織は兄の細い躰を突き退け、刀をとって土間へ下りつつ、こういった。

「兄上。私はもう、兄上と一緒に暮すのがいやになった。ま……しばらくは、のんびりとして、こころを落ちつけなさい。そうしたら、私も定七も、また帰って来ましょうよ」

二

茶汲女のお菊が、客のふとくたくましい両腕の中で、思い出したようにくっ、くっ、くっと笑い出した。

「何が、おかしいのだ?」

と、客。

「いえ、それがねえ。つい、この間のことでしたけれど、別のお客さんと、こうしているところを、そのお客さんの御主人さまに見つけられてしまってねえ……不義者、そこへ直れ……というわけで、そのお客さんもあたしもねえ、素裸《はだか》のまんま、おもてへ飛び出して……いえもう、大変なさわぎ」

「ふうん……その男、浪人の主人に斬りつけられた、とな」

「気の毒にねえ、あたしのために、あんな切傷まで受けてしまって……そのお客さん、原田定七さんといってねえ。まじめそうな、とても善《い》い男……」

このとき、お菊を抱いている客の顔色に微妙な変化がおこった。だが、お菊はこれに気づかない。

客は、四十がらみのさむらいである。

浪人らしいが、身なりも立派だし、金のつかいかたもさばけている。

浪人のひろい額の中央からまゆとまゆの間にかけて大きな黒子《ほくろ》が二つあった。

お菊が、この客に連れ出されたのは、今日で二度目であった。

彼女がはたらいている竜宝寺門前の茶店〔三沢や〕へ、客が連れ出し料をはらうと、好みの茶汲女《ちゃくみおんな》を外へ連れ出すことができる。

そのころ寺社門前や盛り場にある茶店の女たちのほとんどが、こうして売春をしていたもので、お菊は、客に連れ出されると、いつも、この上野・不忍池《しのばずのいけ》のほとりにある〔ひしや〕という出合い茶屋へ案内する。

　すると、客からもらう金のほかに〔ひしや〕からもいくばくかの〔お礼〕が出るのだ。

　中年の浪人の愛撫《あいぶ》は執拗《しつよう》をきわめていた。

　まるで岩のように堅く引きしまった巨体を相手にしながら、

（ああ、こんなおさむらい、大きらい……）

　汗にまみれつつ、お菊は胸の底で、

（定七さんは、あれから、どこへ行ってしまったのかしら……傷が癒《なお》ったら、きっと、たずねてくれる、そういっておいでだったけど……ほんとうに来てくれるのかしら？）

　一種の娼婦《しょうふ》ではあっても、いまの彼女には原田定七が忘れがたい男になってしまっている。

　自分がはたらいている茶店とは目と鼻の先の阿部川町に住み、主人兄弟につかえている定七が、おずおずと三沢やへあらわれたのは、春もすぎようとするころで、来るたびに甘酒を一杯のんで帰るだけの定七であったけれども、

（このひと、あたしに夢中なんだよ）

　お菊には、すぐわかった。

　ひたむきで、熱っぽい定七の視線が自分の全身にからみついてはなれぬのが、お菊

には、こころよかった。

原田定七は、三十をこえているが独身であったし、剣術できたえた筋骨も見事な上に、涼やかな男らしい風貌《ふうぼう》をしている。

お菊は、甘酒をすすりながら、こちらへ眼をはなさぬ定七の……その視線を自分のえりあしや乳房や腰に射つけられると、

(今度は、いつ来るのかしら?)

定七が茶店へあらわれるのを、たのしみにするようになってきた。

声をかけたのは、お菊からであった。

「この次は、外で、二人きりで逢《あ》いましょうね」

甘酒をはこんで行ったとき、すばやくささやくと、定七は顔面紅潮の体《てい》となり、低く「お前を連れ出すだけの金がない……」と、いったものだ。

「いいのよ」

と、お菊はこたえた。

「お金なんかいらない。あたし、一度だけ、お前さんに抱かれたいのだもの」

はじめ、竜宝寺境内の木立の中で、二人は抱き合い、二度、三度と戸外での〈あいびき〉がつづいた。

お菊は定七の住居を知った。

あの日。

外神田《そとかんだ》に住む棒天振《ぼてふ》りの魚やの兄をたずねての帰途、ふと思いついて、お菊は正行寺傍の小林庄之助宅の前を通って見た。すると、原田定七が外から帰ったところで、裏手の戸を開けているところだったのである。

お菊は、近寄ってはなしかけた。

はなしているうち、定七もお菊も我を忘れてしまった。はじめは、純真素朴な三十男へ〔あそびごころ〕がうごいたにすぎぬお菊であったが、忍び逢うたびに、定七の只《ただ》もうひた向きな抱擁《ほうよう》へ、いまはお菊のほうが、おぼれこみそうになっている。

「ちょっとよ……ええ、すぐに帰らなくちゃ……」

うわ言のようにいいながらも、二人は熱中しはじめた。

そこへ、定七の若い主人が帰宅したわけだ。

さて……。

「お前。その定七、とかいう男に惚《ほ》れているのか？」

浪人者の客が、ようやくお菊から躰《からだ》をはなしてきいたとき、

「惚れたところで、どうにもなりゃしませんけど……」

お菊は、かすかに笑い、

「あたしのような女でも……たまには金銭はなれて男に抱かれたくなるんですよ。あら……あらいやだ、なにがおかしいんです？」

「別に……」

「ごめんなさいねえ。つまらないことをお耳に入れてしまって……」

さむらいの客は、別にいやな顔もせず、お菊に金をわたし、

「その原田なにがしとかいう男。阿部川町の主人のところへは、もう戻るまいな」

なに気なくいって、一足先きに茶屋を出て行った。

外は、もう暗かった。

(あのときは、しつっこいおさむらいだけど……あたしのはなしなぞも身を入れてきいてくれるし、さばけたお人だもの、当分は大事にしとかなくちゃあ……)

お菊は障子を開け、中庭から吹きこんで来る夜風に、肌の汗をしずめはじめた。

阿部川町の正行寺傍《わき》の家で、小林庄之助が惨殺されたのは、この夜のことである。

前日から発熱して、床に臥《ふ》せっていた庄之助は、正行寺の小坊主がとどけてくれた粥《かゆ》を食べてから、ぐっすりとねむった。

例によって、弟の伊織は夜がおそいし、ときによっては家を明けることもある。

夜ふけて……。

寝汗をかいた庄之助が目ざめたとき、突然に、行灯《あんどん》のあかりが消えた。

何者かが吹き消したのである。

闇の中に、庄之助は嗅《か》ぎおぼえのある女の白粉《おしろい》のにおいを嗅いだ。

「だれだ?」

異常な気配を感じ、枕もとの刀をつかんで半身をおこした庄之助へ、黒い大きな影がおおいかぶさって来た。

黒い影から白刃が飛び出し、庄之助の脳天を物もいわずに切った。

「ぎゃあっ……」

庄之助が、すさまじい悲鳴をあげた。

もう一太刀……。

黒い影が刃をたたきつけた。

庄之助は倒れ伏し、ぴくりともうごかなくなった。

近くの長屋に住む男たちが、ちょうど夏の夜の寝苦しさに外へ出て来て、庄之助宅前の草原で涼をとってい、これが、

「なんだ、あの声は……」

「御浪人さんの家だぜ」

庄之助の叫び声をききつけ、駈《か》け寄って来た。

黒い影は舌打ちを鳴らし、裏手戸口から素早く逃走してしまった。

大さわぎになった。

長屋の人たちの発見が早かったので、すぐに医者もよばれたし、小林庄之助は、弟の伊織が帰って来るまで、息が絶えないでいた。

「兄上……兄上」

伊織もおどろいた。

庄之助は、弟の帰りを待ちかねたように息をひきとったが、その直前、

「い、伊織……」

「兄上。気づかれたか？」

「む……う、う……」

「だれじゃ？　兄上を斬ったはだれじゃ？」

「あ……う、う……」

「かたき、大場勘四郎ですか？」

庄之助が、かすかにくびを振った。

「え……ちがう？」

「う……さ、さだ……」

「なんと？」

「さ、定七めに、殺《や》られた……」

「まさか……」

「ざ、残念……」

「兄上……兄上、兄上……あ、もう、いかぬ」

三

小林兄弟の父・幸右衛門《こうえもん》は、但馬《たじま》（現兵庫県）出石《いずし》五万八千石・仙石越前守久道《せんごくえちぜんのかみひさみち》の家来であった。

俸禄《ほうろく》百五十石で、藩の作事《さくじ》奉行をつとめていた小林幸右衛門が、馬廻役《うままわりやく》で百石取りの大場勘四郎に斬り殺されたのは、文化元年四月十八日の夜である。

その夜。

小林幸右衛門は、元締役（藩の会計・用度をつかさどる）であり上役でもある有賀《ありが》主膳《しゅぜん》邸の宴にまねかれ、その帰途を大場に襲撃されたものだ。

二人の確執の理由は、あまり明確ではない。

強いていえば、その半月ほど前に、出石城内の役所で、小林幸右衛門が大場勘四郎と烈《はげ》しく口論をしていたのを見たものが数人いる。

そのときの様子では、幸右衛門に汚職のうたがいがあるとかないとか……大場がいい出し、これに対して激怒した幸右衛門が、

「では、これよりすぐ、自分の役目について目附役《めつけやく》のおしらべを願おう。もしも、自分に汚点のなきときは、おぬしに腹を切ってもらわねばなるまい」

と、いったそうな。

作事奉行というのは、藩の建築や営繕のことをつかさどり、大工・左官・細工師などへの支払いをふくめて、城下の商・工人の出入りが多い。

賄賂《わいろ》その他の誘惑も多いことだし、知らず知らず汚職の泥沼へ足をふみこんでしま

いかねない。

大場が、口にするまでもなく、小林幸右衛門については、

「だいぶんにためこんだらしい」

「作事奉行をつとめると、蔵がたつというからな」

などと、ささやく声もきこえなかったわけではない。

しかし、このときは元締役・有賀主膳のはからいで両者の口論は穏便におさまったのだが……。

そのときも大場勘四郎は、有賀元締役から、

「根も葉もないいいがかりをつけるものではない!!」

きびしく、叱りつけられたらしい。

そして、ついに小林幸右衛門を斬殺《ざんさつ》し、大場は出石城下を脱走した。

こうなると、幸右衛門の子である庄之助・伊織の兄弟は、どうあっても亡父のかたきを討たねば家をつぐことが出来ない。これは武士たるものの掟《おきて》であった。

以来三年……。

小林兄弟は、敵・大場勘四郎の後を追い、中国すじから京・大坂を経て、江戸へ入った。

江戸へ住みついたのは、

「両国橋をわたっている大場勘四郎さまの姿を、お見かけいたしました」

と、麻布《あざぶ》・西久保の仙石家・江戸屋敷へ知らせてくれたものがいたからだ。

この者は、京橋・西紺屋町の薬種屋・釜本喜兵衛《かまもときへえ》という人物で、江戸藩邸詰めで小林兄弟の叔父《おじ》にあたる中根左内《なかねさない》と茶道の上での交際《つきあい》がある。

なぜ、釜本喜兵衛が大場勘四郎の顔を見知っていたかというと、大場も五年前までは江戸藩邸勤務であり、そのときは大場、中根左内と仲よしの間柄であった。

中根のさそいで、大場もよく諸方の茶席へ出るようになり、釜本喜兵衛とも顔見知りとなった……こういうことになる。

もとは親友でも、いまは中根左内にとって義兄にあたる小林幸右衛門を斬殺した大場勘四郎なのである。

二人の甥《おい》の仇討ちを、だまって見ているわけにはゆかない。

で……中根が大坂にいる兄弟へ、このことを知らせ、兄弟はすぐ江戸へ入った。これが一年前の秋も終ろうとするころであった。

「大場はな、浪人体にて、江戸へ住みついている様子がありあり見えたという。釜本喜兵衛どのも、すぐに後をつけてくれたのだが、両国の盛り場の人出の中へまきこまれ、ついつい見うしなってしもうたそうじゃ。よいか、こころしてさがせよ。大場勘四郎はな、人も知る一刀流のつかい手じゃ。手強いぞよ」

と、叔父にはげまされ、小林兄弟は家来の原田定七と共に、毎日、江戸市中を手わけして大場をさがしまわっていたのであった。

兄弟の母は、姉の登勢《とせ》と共に故郷に残り、ここから江戸藩邸の中根左内へ年に一度、兄弟の仇討ちの費用が送られて来る。

ここで、はなしをもどそう。

小林庄之助惨殺の報は、仙石江戸藩邸へもつたえられた。

叔父の中根左内が、すぐさま駈《か》けつけて来て、

「おのれ、定七め。恩義を忘れ、主家に害をなすとは、まことにもってけしからぬやっ!!」

全身を瘧《おこり》のように震わせ、激昂《げっこう》した。

伊織は、兄を殺した原田定七の気持もわからないではない。この三年、病気がちの兄をたすけ、その兄に口汚くののしられつつ、定七は懸命につかえ、仇討ちの旅にはかけ替えのない男であった。

その定七を、兄が傷つけた。

自分たちの家へ女を引き入れて抱き合っていたというのは、謹直な原田定七にしては意外千万なことではあるが……それにしても兄が抜刀して斬りつけたというのは、たしかにやりすぎだ、と、伊織はおもう。
十七、八のころから出石城下の娼家《しょうか》へ出入りしていた伊織だけに、定七の情事には理解がある。
しかし……しかしである。

小林兄弟を見捨てて、定七がどこかへ逃げ、自由の身になることはかまわぬが、いざ血を分けた兄の庄之助を殺されて見ると、

（おのれ、定七め。そこまでせずともよいではないか……）

伊織も、さすがに怒りがこみあげてきたものである。

えらそうなことをいっても亡父の幸右衛門が、わずかではあるが汚職をしていたことを伊織は知っている。

汚職といっても藩の公金をどうしたというのではない。城下の商・工人たちからの賄賂を父はたしかに受けていた。これは兄も母も知っているのだ。元締役の有賀主膳などの汚職は表面へ出ないだけで、もっとひどかったらしい。

こうしたにおいを嗅《か》ぎつけて、父を詰《なじ》った大場勘四郎の怒りを、若い伊織は、

（どうも、にくめない）

のである。

表向きは、おのれが人格の立派さをうたってやまぬ亡父の、蔭《かげ》へまわってこそこそと商人たちから賄賂をもらっているさまを、伊織は舌うちを鳴らして見ていたものだ。

それだけに……。

小林伊織の怨念《おんねん》は、大場勘四郎から原田定七へ転化してしまった。

もっとも定七とて、兄のかたきには相違ないのであるが……。

四

それから、また一年が経過した。

すなわち文化五年四月十八日の夕暮れどきのことだが……。

笠《かさ》に顔をかくした旅姿の町人ふうの男が、竜宝寺門前の茶や〔三沢や〕へ入って来た。

さわやかな初夏の夕風にのって、竜宝寺境内の木立の新緑の香が、あたりにただよっている。

「お菊……」

店先へ入って来た旅の男が笠をぬぎ、腰かけのあたりを片づけていたお菊へ、低くよびかけたものである。

「あ……」

お菊の顔に驚愕《きょうがく》のいろが浮いた。

「い、いけない、定七さん。早く……」

お菊は他の茶汲女《ちゃくみおんな》たちの眼をのがれるようにして、あわてて旅の男……原田定七を押しやった。

「ど、どうしたのだ？」

「いいから、こっちへ……」

お菊は、定七に笠をかぶせ、竜宝寺の裏門から出て、東漸寺《とうぜんじ》の裏手から南向こうの浄念寺《じょうねんじ》の境内へ入った。

この寺は竜宝寺とくらべものにならぬほど境内がひろい。

鐘撞堂《かねつきどう》の横手の松の木立へ、お菊は定七を引き入れ、

「ここなら大丈夫」

と、ささやいた。

定七は、ひしと女を抱きしめながら、

「小林の御兄弟は、まだ阿部川町に住んでおいでか？」

「え……？」

「何だ、その顔つきは……？」

「だって、お前さんが御主人の、あの兄さんのほうを斬り殺して逃げたという……このあたりでは、もっぱらの評判ですよ」

「な、なに……」

「あれっきり、あたしのところへ顔を見せてくれないのも、そのためじゃあなかったのかえ？」

「ば、ばかな……」

定七の様子に嘘はないと見て、お菊は近所のうわさを一通り語ってきかせた。

「ちがう、ちがう!!」

定七は叫んだ。

「庄之助様が、たしかに、おれだといいのこしたというのか？」

「そうだときいていますよ」

「ばかな……」

二人は、ここからすぐに不忍池畔の茶屋〔ひしや〕へ向っている。

一年前のあの夜……。

原田定七は、いくばくかの金をお菊からもらい、相州・小田原《おだわら》城下で菅笠《すげがさ》問屋をしている但馬屋仙助をたずねて行った。

仙助の妻よねは、但馬の出身で定七の従姉《いとこ》にあたる。

ここで傷養生をし、ついでに定七は但馬屋へ住みついて、

「なんとか商売をおぼえた。おれが迎えに来るまで、きっと三沢やからうごかない、と、あのときお前がそういってくれたのをたのしみに、いままで一生懸命に商売をおぼえたのだ。もう、おれは武家奉公をしない。お前を連れて小田原へ……」

「でも、主人殺しの下手人にされてしまったら……いいえ、一時は、あたしの身のまわりにも警吏《おまち》の眼が光って、そりゃもう大変だったのだもの」

「畜生。なんでおれが……？」

「わからない。でも……」

「でも……？」

「そうだ、ひとつだけ考えられることは、かたきの大場勘四郎が庄之助様を返り討ちにしたということだ。そのほかには庄之助様が、そのように見事な太刀すじで斬殺《ざんさつ》されるわけがない……」

ここで、定七は小林兄弟が敵討つ身であることを、お菊に語ることになる。

「そのかたきの大場というのは、額の、ここのところに大きな黒子《ほくろ》が二つ……とてもとても、おれの顔と見まちがう筈《はず》はないのだ」

「でも、夜ふけだったのだもの、行灯《あんどん》のあかりは消えていたというよ」

「む、そうか……そうだな。それで庄之助様は、てっきり、このおれが傷を受けたのをうらみにおもい、仕返しに来た、と、こうおもいこまれたにちがいない」

「まあ、いったい、どういうことなんだろうねえ。あたし、怖い。なんだか気味がわるくなってしまったよう」

お菊は、定七の胸へ取りすがったが、そのとき、彼女の脳裡《のうり》をかすめたものがある。

「あっ……」

おもわず、お菊は叫んだ。

一年前のあの夜。

この〔ひしや〕で自分を抱いた浪人体の四十男の顔をおもいうかべたのだ。

（あの浪人さんのおでこには、たしかに黒子が二つ……たしかにあった。しかも、あのとき以来、あの浪人さんは、あたしのところへもぷっつり姿を見せない……）

——どうしたのだ？

……と、原田定七がしきりに問いかけるのへは、こたえようともせず、お菊はがたがたとふるえはじめた。

（あいつ、何気ないふうにあたしのはなしをきいていたが……そうか畜生……）

五

その翌朝。原田定七とお菊は〔ひしや〕を出た。

小林伊織は、いまだに阿部川町の浪宅に住んでいるという。

伊織をたずね、お菊の口からすべてを語ってもらい、

「おれの身のあかしをたてる」

つもりの原田定七であった。

上野から、浅草・阿部川町までは、いまの時間にして三十分もかからぬ。

「およしなさいよう、あぶないから、およしよう」

道々、お菊は何度も定七をとめた。

「あぶないことはない。お前があかしをたててくれるのだから、伊織さまにわかってもらえぬ筈はない」

定七は確信をもっていた。

「身のあかしをたてぬことには……おれが伊織さまのかたきになってしまうではない

か」

もっともなことではある。

上野から浅草へ通ずる新寺町の大通りを、唯念寺の東側へまがり、二人は阿部川町へ向った。

道の両側は寺院の大屋根がびっしりとたちならんでいる。

「大丈夫だ。伊織さまは、はなしのわかるお方だから……」

お菊をはげましつつ、定七は地蔵院という寺の角を東へまがった。

この道をまっすぐ行けば、阿部川町の小林伊織の浪宅のすぐうしろへ出る。

と……。

その地蔵院の北門から通りへ出ようとした浪人が、眼前を通りかかる定七とお菊を見とめ、はっとなった。

小林伊織である。

地蔵院は、叔父《おじ》・中根左内家の菩提寺《ぼだいじ》であって、伊織もかねてから親しく出入りをし、この寺の僧で秀誉《しゅうよ》というものとは仲のよい碁がたきであった。

で……この日の前夜も、伊織は地蔵院をおとずれ、秀誉坊の部屋で碁をうち、酒をくみかわし、そのまま泊りこんでしまったのだ。

このごろの伊織は、毎日のように、ただ何となくぶらぶらと暮しているにすぎない。

しかし、目の前に原田定七を見かけたときには、さすが〔なまけ者〕の伊織の全身

へもかっと血がのぼり、このあたりを……）

（定七め。ようもぬけぬけと女なぞを連れて、このあたりを……）

うかうかしていれば、剣術に長じた原田定七を討ちそこねてしまいかねない。

とっさに小林伊織は大刀を抜きはらい、地蔵院北門から路上へ躍り出した。

同じ道を歩いていた定七も、すぐにこれを見かけ、

「あっ……伊織さま」

叫んだ。

が、寸秒おそかった。

死物狂いの伊織の一刀は、定七の脳天へ撃ちこまれていた。

「ぎゃあっ……」

定七は向う側の長遠寺の土塀へ、どしんとぶつかり、必死に両手を差しのべ、何か叫んだが、これへ伊織が体当りするようにして、刃を突込んだ。

「うわ、わ、わわ……」

ふかぶかと腹を刺され、原田定七は血飛沫《ちしぶき》をあげて転倒する。

お菊は腰をぬかしてしまい、すぐに失神してしまった。

倒れて、何かいいたげに口をぱくぱくうごかしていた定七も、すぐに息絶えた。

人だかりがしはじめた。

伊織はもう、

「兄のかたきを討った」

と思いこんでいるから少しも悪びれることもない。

堂々として、近くの自身番所へとどけて出た。

役人が出張り、お菊も取調べをうけることになった。

ここで、はじめて、伊織はお菊の口から〔真相〕をうちあけられたのである。

しかし、伊織に〔おとがめ〕はなかった。

死んだ兄の庄之助が、たとえ勘ちがいにせよ、

「自分を斬ったのは原田定七である」

と、いいのこしているのだから、伊織がこれを信ずるのは、

「むりなきことである」

のであって、さらに、そもそもの原因は、定七が主人の家へ女を連れこみ、密会をしたことで、これは、まことにけしからぬふるまいなのだから、定七がみずからまいた種である……ま、こうした判決が下ったようだ。

この事件があってから……。

小林伊織の主家・仙石越前守の人びとは、

「かんじんのかたき、大場勘四郎を見つけ出すこともできぬうちに、家来の不祥事にかかわり合い、つまらぬ殺し合いをするとは何事であろうか」

などといい出すし、江戸藩邸にいる叔父の中根左内もだんだん肩身がせまくなって

きたらしい。

こうなると小林伊織も、もう何もかもめんどうになってしまった。このおれもばかだが、死んだ兄も大ばかだよ」

と、地蔵院の秀誉坊へ、自暴自棄なことばをもらしていたが、そのうち、ふっと江戸から姿を消してしまった。

かたき、大場勘四郎の行方《ゆくえ》は、その後も知れていない。

そして仙石家へ小林伊織が復帰した様子もない。

ということは、ついに伊織、大場の首を討てなかったのであろう。

いや、もう討つ気がなくなってしまったのであろうか……。

原田定七が死んで十二年目の文政《ぶんせい》三年の秋のことであったが……。

仙石家の国もと、但馬出石から公用で江戸藩邸へやって来た近藤忠三郎という藩士が、用事をすませ、ふたたび出石城下へ戻ってから、親交のあった宮尾利左衛門という藩士に、次のようなことを語った。

「帰りにな、東海道の嶋田《しまだ》の宿《しゆく》の、かぶと屋という旅籠《はたご》に泊り、翌朝、出立の仕度をしながら何気なく二階の窓から下の道をながめているとな……そこへ、宿場に住む町人体の男が、赤子を抱いた女房ふうの女と共に通りかかり、折しも店先に出ていた旅籠の番頭と何やら親しげに語り合い、すぐ去って行ったのだが……その町人、どう見ても……ほれ、敵を討ちそこねた小林兄弟の、弟のほうの伊織な、小林伊織そっくりなのだ。出て行ってよびとめようとも思うたが……ま、そっとしておいてやるがよいと、こう思い直してのう。だから、このことは他言無用。よいな」

その伊織らしい町人によりそって、赤子を抱いていた女房というのが、あの〔三沢や〕のお菊であったら……と想像してみることは、たのしいことである。

金ちゃん弱虫

碁の勝負に負けると、いっそうに持病の疝癪《せんしゃく》がつのった。

こういうときのいつもの癖で、森定十郎は、囲碁の会がおこなわれた下谷《したや》・広徳寺《こうとくじ》門前の鰻《うなぎ》や〔巴屋《ともえや》〕階下の小座敷へ一人残り、したたかに酒をのんだ。

痛みを消すにはこれにかぎるのである。

「旦那《だんな》。やけ酒でございますかえ」

にやにやと、そばへ寄って来たのを見ると、これが、定十郎と五番勝負をあらそい、賭《か》け金《がね》の一両を、まんまとせしめた大工の庄之助という男であった。

若いくせに、庄之助はなかなかずるい碁で、定十郎はやっと一番を勝たしてもらっただけだ。

定十郎が二年も前から入っている賭碁《かけご》の会で〔黒白連《こくびゃくれん》〕というのに、庄之助は今度はじめて顔を見せたのである。

賭けるといっても、いつもはせいぜい一分どまりなのだが、庄之助は小判一両をひらつかせ、森定十郎へいどみかかった。

「若いの、泣っ面をかくなよ」

と定十郎も、はじめは余裕たっぷりで、

「大工だというが、その小判一両はどこで手に入れた？　妙な匂いがするのじゃアあるまいな」

からかいながら打ちはじめたものだ。

絶対に、負ける気はしなかった。

盤の向うにかしこまった庄之助は、年をくった御家人らしいさばけ方で、ぽんぽんと冗談を飛ばしてくる定十郎へ、

「へい……へい……」

臆病《おくびょう》そうに首をすくめながら、少しふるえる指で碁石をつまんだりした。

（ふふん……一両か、こいつはもうけものだな）

六畳二間をぶちぬいて、そこに同好の士が八組ほど石を鳴らしたり、勝負の加減によってそれぞれの声をあげたりしていた。

月に一度、十六日の昼前から、この鰻やで催される、〔黒白連〕の賭碁なのである。

町家の隠居もいる。職人もいる。

女では大店《おおだな》の後家もいたし、寛永寺の僧もいた。

禄高《ろくだか》百俵という、徳川将軍の家来のうちでも、ずっと下級な、いわゆる御家人といわれた森定十郎のような侍も四人ほどまじっている。

定十郎は、服部《はっとり》一郎右衛門組に属している徒士《かち》であった。

徒士組は、将軍外出のときに先駆して道路を警戒するのが役目で、森定十郎のよう

な身分もかるく俸給も少いものが、これをつとめる。

この年で四十八歳になる定十郎は、ちかという一人娘に、この春、養子を迎えたばかりだ。

「隠居をしても、おれは小遣いに困らないよ」

これが、定十郎の口癖である。

賭碁には、大変な自信があった。

(ふふん……今日は一両か……)

相手の大工のみか、貧乏御家人の森定十郎にとっても金一両はなまやさしい金ではない。

庶民の暮しが、女房子供を抱え、寝酒のひとつものみ気楽にすごして年に、十両ほどだ。

(ふふん……こいつ気の毒にな)

障子の向うにとまっている赤蜻蛉《あかとんぼ》の影をながめながら、定十郎は、すらすらと一局を勝った。

二局目になると、大工が、にやりとした。

「ごめんなさい、足がしびれてねえ」

あぐらをかいてから、庄之助がピシリと石をおいた。

唇《くち》もとを笑わせている庄之助の双眸《め》が、ぎらぎら光りはじめた。

それから、たてつづけに定十郎は負けた。

庄之助に手を出されて、定十郎は赧《あか》くなった。

一両などという金を持って出て来たわけではない。

「証文でも結構なんで――」

眉《まゆ》の濃い、細おもての鼻のあぶらを指でなぜまわしつつ、庄之助が大声に言った。ふるえる手で筆をとり、定十郎は証文を書かされた。来月十六日の会には、かならず支払うという証文をである。

仲間は、気の毒そうな、しかし愉快そうな視線を容赦なく定十郎へあびせかけた。

どの眼も「たまにゃア、負けた味も知るがいい」と、いっていた。

このところ、森定十郎は負けの味から遠ざかっている。

証文をふところへねじこんだ庄之助から「ざまア見やがれ」とでもいうような憫《びん》笑《しょう》を投げつけられたとき、定十郎の癪《しゃく》がおこった。

神経の作用なのか、感情がたかまると、胸から腹へ、たえがたい痛みがはしりはじめる。

階下へ降り、定十郎は酒を注文した。

あかるく晴れた秋の空に、まだ陽がかたむかぬうち、賭碁の会は終った。

みんな帰ったあと、大工の庄之助は、この近くの六軒町に住む陰陽師《おんみようじ》としばらく碁をうってから、階下へ降りて来て、定十郎へ声をかけたものである。

庄之助も、酒で顔を火照《ほて》らしていた。

二階で、かなり飲んで来たものらしい。

「この旦那の勘定は、おれが払うぜ」

と、庄之助が店の小女にいった。

「よけいなまねをするな」

怒鳴りつけておいて、森定十郎が勘定を払い、外へ出た。

空が夕焼けて、風が、いやに冷たかった。

通りを突切り、定十郎が源助横丁へ入ろうとした。

御徒町《おかちまち》の組屋敷へ帰るには、いちばんの近道なのである。

「旦那……旦那ったらよ」

いつの間にか、大工の庄之助が追いすがって来て、ぽんと定十郎の肩をたたき、

「旦那。来月は間違いなく返しておくんなさいよ。へ、へ、へ……大丈夫かねえ」

といった。

この「大丈夫かねえ」が、疼痛《とうつう》と共に定十郎の胃の腑《ふ》を刺した。いや、心臓を刺したといった方がよいかも知れない。

「無礼者!」

ふり向きざま、定十郎が庄之助の顔をなぐりつけると、

「何をしゃアがる、すっかんぴんめ」

庄之助が怒気を発して、いきなり定十郎の腰へしがみついた。

「こら、何をするか!!」

「くそったれめ」

庄之助が飛びはなれたとき、定十郎の大刀は庄之助の手に抜き持たれていた。これには定十郎もびっくりしたが、

「よくもなぐったな」

あっという間もなく、庄之助は棒切れを叩《たた》きつけでもするように刀をふりおろして来た。

定十郎の足がもつれた。次いで絶叫があがった。

森定十郎は顔を血だらけにしながら、それでも必死に差添えの小刀を抜いて、庄之助へ飛びかかっていった。

二

鰻やの若い者の知らせで、定十郎の養子・森金七郎が駈《か》けつけて来たのは、それから間もなくのことであった。

御徒町の森家と広徳寺門前までは、目と鼻の先といってもよい。

養父の定十郎は、広徳寺裏の辻番所《つじばんしょ》へかつぎこまれていた。

頭に一か所、右肩と左腕に一か所ずつ、かなりの傷をうけ、虫の息で町医者の手当

をうけている。

大工の庄之助はといえば、これは微傷だに負わず、それでも酒の酔いがさめたのか、顔面蒼白《そうはく》となり、番所の片隅に頭を抱えてうずくまっていた。

庄之助は、すぐ近くの山伏町の太十郎店《だな》に住む大工・庄兵衛の倅《せがれ》で、二十四歳になる。

父親の庄兵衛も、家主の太十郎も、すでに番所へ駈けつけていた。

「父上に無礼をはたらいたは、きさまか——」

金七郎が声をかけると、

「お助け……お助け……」

庄兵衛が倅の体の上へ押しかぶさり、泣声をたてた。

すぐ目の前に、養父の敵《かたき》がいる。

剣術もかなりやっている金七郎が、一歩ふみこんで抜き打てば、酒と賭碁《かけご》の大好きなこの若い大工の首は、わけもなく落ちたに違いない。

番所の番人たちが、あわてて二人の間へ割って入る間に、じゅうぶんやれたのである。

事実、金七郎の右手は刀の柄《つか》にかかった。

(待てよ……)

金七郎の脳裡《のうり》を、理性がかすめた。

（この辻番所は大名屋敷のものではない、町奉行所支配のものではないか……）

すでに公儀の役所へ連れこまれた定十郎と庄之助だといってよい。

（こうなっては、養父《ちち》も敵も、わたくしのものではない）

と、金七郎は考えた。

（ここで敵を斬っては、反《かえ》って、おとがめをうけるやも知れぬ。これは、むしろ、養父の望むところではあるまい。また養家先におとがめがあっては、養子としての義理もたたぬ）

いかに血のつながりのない親子だとはいえ、森金七郎が、とっさの間に、これだけのことを考えて手をひかえたのは、まことに冷静な態度であったといえよう。

三人の番人が突棒《つくぼう》をかまえて、自分と敵との間へ割って入ったときも、金七郎は自分がとった処置に後悔をしなかった。

（養父も酒くらいに酔って、大工風情を相手に、しかも腰のものまでとられて斬りつけられたという。これが表立っては……）

幕臣たる森家が、世上の（わらいもの）になることは必定であった。

「お願いでござります。庄之助は、これなる庄兵衛の一人息子でござります。何とぞ、御内済《ごないさい》におすまし下されましょうなら、御恩は一生忘れぬことにござりまする」

附《つ》きそいの家主が平伏すれば、庄兵衛も白髪頭をふるわせ、両手を合せて金七郎をおがむのである。

庄之助は、土間にひれ伏し、しくしくと泣いているのだ。

養父の定十郎は、うめき声をあげて苦しんでいた。

「傷の工合は、いかがか？」

金七郎が医者に、そっと訊《き》くと、医者は「手当が早かったので、何とかもちこたえましょう」と答えた。

示談にするのなら、番所としても、この事件を奉行所へとどけることをやめるわけだ。

「しばらく待て」

定十郎には気の毒だったが、金七郎としても、まだ養子となったばかりのことでもあるし、一存でははからいかね、すぐに御徒町の家へ駈け戻った。

この間、定十郎は〔巴屋〕の二階へはこばれ、ここに辻番が一人出張った上で、庄兵衛父子も家主の太十郎もあつまり、金七郎の戻るのを待つことになった。

怪我人を辻番所へおいたのでは、事が公《おおや》けになるからである。

金七郎が家へ戻ると、森家の親類で、定十郎には叔父《おじ》に当る土屋三郎右衛門や、従《いと》弟《こ》の中沢源右衛門、金子正助などが駈けつけていて、これから広徳寺前へ出かけようとするところであった。

「定十郎もよい年をして、何たることだ。大工に腰のものをとられ、しかも……」

と、土屋の叔父が舌うちをすれば、

「何としても醜態だよ。こんなことが表沙汰《おもてざた》になったら、森家は断絶にきまっておる」

金子正助も大いに力説をした。

みんな真剣である。

森家のために真剣なのではない。一族としての自分たちの身にふりかかるものを思い、眼の色を変えているのだ。

天保《てんぽう》六年のこのころになると、徳川幕府の官僚臭は、下級の武士の家にまでしみこんでしまっている。

たとえ百俵どりの御家人でも、これをつぶされてしまえば家族が路頭に迷うのだし、そうなれば親類一同の体面は丸つぶれとなる。

この体面がこわい。

森定十郎のような男を親類にもった土屋も金子も中沢も、それぞれ〔御役〕についていることだし、まかりまちがえば上役に睨《にら》まれ、御役御免にもなりかねない。

金七郎には養母であり、定十郎には妻であるまさが、ふとった体をもむようにして、

「何しろ相手が下司下郎《げすげろう》なのだから、これを表沙汰にしては、きっとおとがめがありましょう。そ、そうなっては、明日の暮しにも困ります。これは、内済にするがよいのではありますまいか……旦那様《だんなさま》も、まあ何ということを仕出かしなされたものか……くやしいが仕方もありますまい」

結局、示談ということになった。

金七郎の妻ちかは、ただもう母親のうしろに身をすくめ、おろおろしているのみであった。

事がきまって、森金七郎は金子正助と共に、広徳寺門前へ引返した。

もう夜である。

暗い道を走りつつ、金子正助が小ぶとりの体を喘《あえ》がせながら、

「さすがは、金七郎殿だ。森家が見こんで養子に迎えただけのことはある。よくも冷静に事をはこんでくれたな、礼をいうぞ」

と、いった。

「いえ、何……」

息もきらせず走っていて、金七郎も、まんざら悪い気持はしなかったものである。

三

森金七郎は、本多帯刀《たてわき》の家来で塩沢常之進というものの、次男にうまれた。

兄の市之助は、いずれ父のあとをつぎ、三千石の大身旗本の本多家・給人《きゅうにん》という役目につくわけだが、どこの武家でも、次、三男の将来への保証はまったくない。

他家への養子縁組がととのえば、これにこしたことはないので、

「金七郎は利発ものじゃ、仕込んでとらせい」

主人の本多帯刀が、少年の金七郎へ、こういってくれたものである。

旗本の〔給人〕といえば、屋敷の内政事務、および会計のことにはたらく役目であるが、社会的には、ごく低い身分のものだ。

「文武の道に秀でておれば、世智がらい世の中じゃが養子縁組の口もかかってこよう」

そこまでいってくれ、学費のめんどうまで見てやろうと主人がいってくれたのに、むろん、塩沢常之進は感激をした。

「殿さまにお目かけられ、お前は、しあわせものじゃ。懸命にはげむのじゃぞ」

金七郎も勇みたった。

書物をよむことが大好きな少年だったし、外神田《そとかんだ》の渋井景春の塾へ入門させてもらった金七郎は、合せて、十歳の春から南茅場町《みなみかやばちょう》にある鏡新明智流《きょうしんめいち》・桃井《もものい》八郎左衛門の道場へも通い、剣をまなんだ。

剣術の方は、あまり好きでもなかったが、やってみると、悪いすじではなく、その後十年の間に、かなりのところまで行ったものだ。

学問の方では、渋井塾でめきめき頭角をあらわし、同門の秀才で、旗本・内藤左近の倅・伊織と肩をならべ、

――渋井門下の竜虎――

などと、よばれたものだ。

秀才の内藤と〔竜虎〕の名を分ったのだから、金七郎も秀才であったに違いない。

「おかげで、わしも鼻が高いぞ」

評判をきき、主人の本多帯刀が、手ずから金七郎へ、刀や羽織をあたえたりするので、兄の市之助がやきもちをやいたこともある。

母親似で不器量な市之助とは違い、金七郎は、父の常之進そのままの美しくととのった顔だちである。

表六番町にある本多屋敷内の長屋から、前髪だちの金七郎が塾や道場へ通う道すじで、通行の女たちが目ひき袖《そで》ひき、

「いやもう大変な評判で……」

本多家の足軽どもが、こんなことを塩沢常之進にいっては、うれしがった常之進から飲代《のみしろ》をかせいだりした。

うまれた家が、旗本の給人というのでなく、いっそ主人の本多帯刀の子にでもうまれていたら、金七郎の人生も、もっと輝かしいものとなっていたろうが……。

何といっても身分が身分である。

二十六歳になって、たとえ高百俵の森家へ養子に迎えられたのも、金七郎の出来がよかったからこそ、世話する人もあらわれ、森家もよろこんで一人娘の聟《むこ》にとったのであろう。

それでも、森家へ入るとすぐに、公儀から御徒士《おかち》見習いを仰せつけられた。

これで養父の森定十郎が、いつなんどき隠居しようとも、スムーズに〔御役〕をつぐことが出来るわけであった。

「よい聟をもらったよ」

と、定十郎が大自慢で親類や朋友《ほうゆう》にふいてまわれば、おとなしくて母親のいいなりになっている娘のちかも、品行方正にしてしかも美男という夫を得て、

「それにしても、金七郎どのが来てから、ちかは少々だらしがなくなりました。いつもいつも、とろりと目もとをぬるませ、茶碗《ちゃわん》を落して割ってしもうたり、いねむりをしたり……」

と、母親のまさが苛々《いらいら》と金七郎へきこえよがしにいったりする始末だ。

（おれの代になったら、このままにはしておかぬ）

という情熱も、まだ金七郎はうしなっていない。

若いのである。

正式に御役へついたあかつきには、努力と才能次第で、まだまだ官途をのぼることも出来よう。

事件は、こうした森金七郎の希望の前へ立ちふさがった。

さて……。

双方が証文を取りかわして事件内済となり、御徒町の家へかつぎこまれてから五日目に、森定十郎が息をひきとった。

一時は、心配あるまいと見られたのだが、酒気まんまんたるところへ傷を負い出血もひどく、見る見る定十郎は衰弱しきってしまったのだ。

（これは、もう駄目だ）

と、見て親類どもは額をあつめ、

「息のあるうちに、一時も早く金七郎へ本勤仰せつけられるようにした方がよい」

となった。

定十郎持病たかぶり、御役目がつとめかねるによって……金七郎に本勤仰せつけ下されたし——という願書を、早速に組頭・服部一郎右衛門へ差出すと、

「隠居の願い、ききとどける」

すぐに答えて来た。

だが、金七郎に役目をつがせるという沙汰《さた》は無い。

「やはり、事件が組頭《かしら》や頭向きの耳へ入ってしまったのだ」

「何しろ、まだあかるい町の中で、あのような……」

「隠し通せるものではござらぬ」

「その、何とやらいう鰻《うなぎ》やへは口どめの金をわたして来たのか」

「は——それはもう、ぬかりなく……」

「鰻やの口なぞ封じても駄目じゃよ。ほかに見物もいたろうし、辻番所《つじばんしょ》の者も黙ってはおるまいしな」

「何しろ醜態きわまる」

「大工風情に斬殺《ざんさつ》されたのだからなあ、天下の御家人が――」

「しかも相手を仕とめることも出来なかったという……」

「仕とめるどころか、傷さえも負わすことが出来なんだのじゃ。定十郎も、とんだことをしてくれた」

「われらも、妙な目で見られずにはいない。まったく迷惑千万」

毎日のように森家へあつまっては、親類どもが家族へきこえよがしにいい合う。

しまいには、あの夜、

「さすがは金七郎殿だ。よくも冷静に事をはこんでくれた」

と、ほめた筈《はず》の金子正助までが、

「あのとき、その場を去らせず、敵の大工めを金七郎殿が討つべきだったかも知れませぬな」

すると叔父《おじ》の土屋三郎右衛門も、

「当然じゃ。さすれば反《かえ》ってお目こぼしがあったろうよ」

などと、いいはじめる。

金七郎もがっかりしたが、

（おれのとった処置に間違いはない）

信念を捨ててはいない。

ここまでして、しかも公儀の怒りにふれるというのなら、

（それはすべて、養父の不始末だ）

と思っている。

（おれは、どこまでも森家存続のためを考えてしたのだ。これで駄目なら仕方がない）

理性的な性格だけに、金七郎は少しもさわがなかった。

が、しかし、定十郎が死ぬと、親類一同の決議として、

「お上《かみ》からおとがめをうけぬうち、こちらから見習い勤めも御免を願った方がよかろう」

と、いい出して来た。

「いや、それは——あまりに性急にすぎましょうかと存じます。おとがめもうけぬうち、こなたからそのように願い出ては、反って、お上の不審をよぶようなもので」

金七郎が反対しかけると、土屋が、

「黙れ、黙れ。養子の分際にて出しゃばるな」

ときめつけた。

「金七郎、叔父さまに対し無礼でありましょう。母も、親類御一同さまの御意見に同意じゃ」

まさも、いいつのる。

金七郎は退《の》けておき、親類たちが、あわただしく願書をつくり、差出してしまった。

すると、翌日になって打てばひびくように、

「願いのおもむき、ききとどける」

とあり、しかも金七郎を屋敷へ呼び出した組頭が、

「その方、名跡《みようせき》身寄番、代り相ならず」

と申しわたしたものだ。

事件にはふれず、親子ともに役目を辞退するとは怠慢もはなはだしい、ふとどきであるから、役目をつぐことも、家をつぐことも許さぬと申しわたされたのである。

つまり〔首〕を、きられたわけであった。

さすがに、森家へあつまって金七郎の帰りを待っていた親類どもも、こうなるとは思わなかったろう。

ぶつぶついいながら、こそこそと森家を出て行くと、一同、さっぱり寄りつかなくなってしまった。

四

間もなく森金七郎は、養母と妻を連れ、組屋敷を出て、麻布《あざぶ》・本村《ほんむら》町の裏長屋へ移った。

実家の塩沢からも、亡父の後をついだ兄が、

「世上のうわさをきき、敵も討てなんだお前の不甲斐《ふがい》なさにあきれているぞ。殿さま（本多帯刀）も、ひどい御立腹だ。もはや、われらは無縁のものと思い、寄りついてもらっては困る」

書面をもって、いいわたして来た。

金七郎の苦笑には、さすがに哀《かな》しみの色が濃かった。

「あのとき、お前さまが敵を討っていれば、よもやこんなことに……」

養母は前言をひるがえし、あけすけにかきくどいてやまない。

妻は妻で、毎日めそめそと泣いてばかりいる。

たくわえもない上に、願書を差出すときいろいろと諸方へ〔つかいもの〕もしたので、無一文になってしまった。

もう浪人の身であるから、はたらかなくては食べて行けない。

女ふたりは縫物、金七郎はお定まりの傘張《かさは》りの内職やら手習い師匠やらで、やりきれない毎日がつみかさなって行き、それが惰性の落ちつきを見せはじめたのは、翌年の春をすぎてからであったろうか。

妻の顔に微笑もうかぶようになり、

（先ず、よかった）

金七郎も、ほっとした。

だが、さびしい。

養母の愚痴は依然やまないし、すでに官途への夢も絶たれた。近所の子供へ読み書きを教える、その教え方が高い評判をよび、表通りの商家からも迎えられ、店のものへの教授もするようになり、何とか食べて行けはするが、まだ二十七歳の森金七郎にとっては、みじめな境遇へ一足飛びに落ちこんだわけであった。

(こんなとき、亡き両親がいてくれたらなあ……)

しみじみと思う。

子供のときから仲の悪い兄では、どうにもたよりにならない。

養父を斬った、あの若い大工——庄之助とかいう男は、あれ以来、森定十郎の菩提《ぼだい》をとむらうため、坊主になって廻国《かいこく》修行に出て行ったという。

これは、庄之助の父・庄兵衛の切なるすすめがあったにせよ、

(殊勝なやつ……)

むしろ金七郎は、そのうわさをきき、庄之助をあわれんでいた。

老大工・庄兵衛は、息子を旅に出してから山伏町の長屋から姿を消したそうな——。

(もし、あの大工が、おれの実父を斬ったとしたら、どうか……?)

とも考えた。

養父と実父とでは、金七郎の場合、愛情の度合いがまるで違う。

何しろ養子に来たばかりで、亡き定十郎については、

(酒のみで賭碁《かけご》の好きな、少々だらしのない……)

程度の印象しかうけてはいない。

（いや――）

断乎《だんこ》として、金七郎は自分の胸へいいきかせた。

（たとえ実父でも、あのような醜態をさらけ出し、あのような事態にたち至ったなら、やはりおれは、あのような処置をとっていたろう）

たとえ、あの大工を斬ったにしても、父の醜態はまぬがれがたい。いまのような身の上に落ちたことは必定である。そうなっては困ると思ってしたことが、同じような結果になったとしても、それは別の問題である、と、金七郎は思いこんでいる。

（おれのしたことは、間違っていなかった）

以来、何度も反芻《はんすう》してみては胸にたしかめはしたが、そうすることによって自分をなぐさめているのだとは気がつかぬ金七郎なのである。

その日――。

天保七年七月十六日のことであったが……。

養父の命日でもあり、金七郎は一人で浅草・新堀端にある宝竜寺へ墓参をした。養母は墓参りの気力さえうしない、このごろでは、ぐったりと一日中床についたきりだ。

（もう、そろそろ一年になるのだなあ……）

麻布から浅草まで、日ざかりの中を出て来たのだが、風もない暑さに、金七郎はいささか疲れた。

帰途、養父が斬られた広徳寺前を通り、神田《かんだ》へ抜けるころには陽もかたむき、

（遅くなった……）

金七郎も足を早めた。

このあたりは、かつて森の家があったところで、下級幕臣の組屋敷も多い。

金七郎は人目にたたぬ小路をえらんで歩き、山本町代地のあたりから、ようやく夕闇が密度を加えてきた御成《おなり》街道へ出ようと思った。

（や……？）

すぐ目の前を、酒徳利を抱え、横ぎって行った小柄な老人を、ふと見て、

（あの大工の父親ではないか……）

ふらりと金七郎は、その老爺《おやじ》のあとから、横丁へ入って行った。

（こんなところへ引移っていたのか……やはり、世間をおそれているのか。それとも、証文をかわし内済にしたとはいえ、おれの不運をも、おそらくきいたことだろうから……おれが仕返しにでも来ると思っているのか……）

金七郎には気がつかなかったくせに、老大工の庄兵衛は、きょろきょろとあたりへ眼をくばりながら裏長屋の小路へ入り、うすよごれた戸障子の中へ消えて行った。

（あのおやじも、気の毒にな……）

一人息子を僧籍に入れ、旅に出してまでも罪のつぐないをしようという老人が、憂さばらしの酒を独《ひと》りのもうとしている。何となく心をひかれ、

（お互いに、不運だったなあ、おやじ……）

長屋の裏手へまわってみた。

その長屋の裏手は代地の原っぱで、溝《どぶ》の流れの向うに、たちならぶ長屋の中が手にとるように見えた。

赤ン坊の泣声や、あわただしい夕餉《ゆうげ》の仕度にかかっている女たちの姿を暗い原っぱから見やりつつ、歩をはこんで、

「あ……？」

金七郎は思わず、草の上へかがみこみ、溝川の向うを凝視した。

そこは、庄兵衛の家であった。

あけ放した六畳に、あぐらをかいて団扇《うちわ》をつかっている庄之助へ、帰って来たばかりの庄兵衛が酒徳利をわたしているところだ。

むさくるしくのびた坊主頭の庄之助は、浴衣《ゆかた》の腕をまくり、すでに、したたかのんでいるようである。

「すまねえな、父《とっ》つぁん――」

こういって、てらてらと赤く光った顔を笑わせた庄之助が、何かぼそぼそいう父親へ、

「何もびくびくすることあねえ、ちゃんと証文までとってあるこった」

はっきりと、この声が金七郎の耳に入った。

すでに暗い。

蝙蝠《こうもり》が原っぱに飛び交っていた。

じりじりと、金七郎が溝川のそばの榎《えのき》の木陰《こかげ》へ近寄ったとき、

「……もうたくさんだ。とてもおれにゃアつとまらねえよ、父つぁん。坊主になって
その上に、旅へ出て修行をしろなんて、考えてみりゃア馬鹿くせえ話さ。おいらは、
やっぱり江戸がいいや」

庄之助が大声に笑った。

庄兵衛は、おどおどとあたりを見まわし、それから、小声で、するどく息子を叱った。

冷《ひや》のまま酒をあおりつつ、庄之助も、これにうけこたえをしているのだが、よくきこえない。

(なるほど……あの若大工に、坊主になって、おれの養父の供養をしろといっても、それは無理だろうよ)

苦笑して、森金七郎が腰をうかしかけたときであった。

「親が親なら倅《せがれ》も倅よ」

という庄之助の声がきこえた。

「ふン、侍のくせに刀のつかいようも知らねえンだものな。親を斬ったおいらを目の前にして手も出せねえンだものな」

庄兵衛が、あわてて手をふっている。

「何、もう大丈夫さ。証文に書いてあらアな、父つぁん……あのせがれ……森、金七とか何とかいったっけ。いまどきの侍はみんな同《お》ンなじよ。剣術のケの字も知らねえのさ。何、心配するなってことよ。いいか、父つぁん。もし、あのせがれが……あの金ちゃんがだ、おいらへ仕返しをしようというんなら、いいってことよ。やろうじゃアねえか。こっちも負けちゃアいねえぜ」

久しぶりに江戸へ帰って、酒の酔いに身も心もまかせ、いい気持そうに、庄之助は、

「何でえ、弱虫の金公なんか、来やがったら蹴飛《けと》ばしてやらア」

と、わめいていた。

五

その翌朝である。

まだ涼風がたっている朝のうちに、庄之助は下帯ひとつの肩へ手ぬぐいをかけ、表通りの湯屋へ出かけたものだ。

湯屋を出て、鼻唄《はなうた》をうたいながら〔海老床《えびどこ》〕という髪ゆいの横をまがったとき、

「あッ――」

庄之助が立ちすくんだ。

「て、てめえ……」

「おぼえていたか、森金七郎だ」

「野郎——」

庄之助も昨夜の放言通りに、かなり自信をもっていたらしい。

叫ぶと共に、ぱっと金七郎の腰へ組みついて行った。

この前と同じように、金七郎の腰の刀をぬいて斬るつもりだったのかどうか……。

「ああ……」

組みついたと思ったら空《くう》に泳いで、のめった。

今度は、ぞっとしながら、あわてて立直り、逃げようとする庄之助の前へまわって、

「コン畜生め」

「えい」

ただの一刀、であった。

悲鳴をあげ、庄之助が転倒した。

湯あがりの裸の体が、まっ赤になった。

庄之助を斬殺《ざんさつ》したのち、森金七郎は用意の口供書《くちがき》を近くの番所へ差出した。

「私儀、養父定十郎へ庄之助疵《きず》をおわせしため……即座に討果《うちはた》し候《そうろう》か、または御吟味願いだすべきところ、御公裁を受け候ては家断絶におよぶべくむねをもって内済にいたし、いったん内済致し候儀を、ふたたび存じたて仇《あだ》を報じ候すじに相当、本末取《とり》う

しない候……」

これは自分勝手にうらみをはらしたのであるから、神妙にお上のさばきをうけたいというものであった。

ただちに、金七郎は、北町奉行所へ引きとられた。取調べは再三、再四にわたっておこなわれた。奉行所の最初の覚え書には、こう書いてある。

「……親殺され候死体を見とどけ候えども、物入りなどを厭《いと》い、押し隠し候もの遠島の御定《ごじょう》にも準じ申すべくや……」

つまり、内済にしたというのは、物入りを厭《いや》がって、事件を公《おおや》けにしなかったからであろうから、まことに怪《け》しからん、島流しにしてしまえ……というのである。

この〔物入り〕という言葉がおもしろい。

こういう事件を表向きにすると、諸々へ駈《か》けまわり、事がおだやかにおさまるよう運動をしなくてはならない。

組頭をはじめ上長の官吏や刑事方へも挨拶《あいさつ》に行かねばなるまい。

そのたびに〔つかいもの〕を持って行くわけだし、それもただの菓子折なぞではない、金をまくということだ。

いかに、賄賂《わいろ》をともなった虚礼が常識となっていたかが、よくわかる。

しかし、ときの北町奉行・榊原主計頭《さかきばらかずえのかみ》の断が下って、

「どちらにしても大したことではない。せいぜい押込め程度にしておいたら……」

ということになり、きまりかけた。

ところが急に奉行が変った。

今度は、大草安房守《あわのかみ》である。

大草奉行は、この事件を引きついだことになるのだが、奉行所の新旧交替がいろいろとあって、申しわたしは、翌天保八年に持ちこされた。申しわたしに曰《いわ》く、

「いったん内済いたし候儀を後悔いたし、ふたたび存じたち、仇を報《むく》い候段、本末取うしない候とりはからいにて……」

しかも、かつては御徒士《おかち》見習御奉公までつとめた身分なのに、別してふとどきである、というのだ。

森金七郎の罪は〔追放〕ときまった。

江戸から出て行け、ということだ。

そして、養母まさは、最初に内済をすすめたのは、女のくせに口出しをしすぎるというので百日の押込めを命ぜられ、妻のちかは、

「金七郎妻のくせに、万事、母と夫の取りはからうままにまかせていたとはけしからん」

というので、これまた三十日の押込めを申しつけられた。

何が何だかわからぬ裁決であった。

母には女のくせに口出しがすぎるといい、妻には黙っていたからふとどきである、というのである。

まだ、ある。

ここで、森家の親類どもが、みんな罪をくらった。

叔父《おじ》の土屋三郎右衛門は監督不行きとどきとあって、百日の閉門。

金子正助と中沢源右衛門は、何と扶持《ふち》を取りあげられ〔首〕を切られて浪人になってしまった。

庄之助の父庄兵衛は、過料として三貫文の罰金をくらっただけですんだ。

森金七郎は、養母と妻を江戸へ残し、どこへともなく姿を消した。

十年たった。

むかし、渋井景春門下で、森金七郎と〔竜虎〕とよばれた内藤伊織が、京都所司代付を命ぜられ、京都へ転勤になって、その年の暮に、

「おぬし、森金七郎ではないか……?」

六角柳馬場《やなぎのばんば》の通りで、町人姿の金七郎を見かけ、おどろいて声をかけた。

「おお……」

金七郎は悪びれもせず、

「伊織さんか——」

「おぬし、その姿は何としたことだ」

「十年前のことは、おぬしも知っていよう」

「うむ」

「思いきって、こうなったよ」

「そうか……」

まじまじと見つめ、内藤伊織は、金七郎の、でっぷりとふとった血色のよい顔が、あかるく微笑をたたえているのを知って、意外に思った。

二人は、近くの〔かわらや〕という小料理屋へ入って、酒をくみかわした。

「いま、何をしている」

「それがね……」

くすくす笑いながら、金七郎は、柳馬場東へ入ったところで〔御印判師〕の看板をかかげていると、答えた。

「やってみると、これがおもしろいし、おれも思いのほかに器用だったのだ。今は、おかげで、御所への出入りもゆるされていてね」

学問にもふかい金七郎だけに、ただの〔はんこや〕よりも高級な仕事もしているらしい。

「おれは、あのとき、あの若い大工を斬ったとき、胸のつかえが一度におりたものだよ」

しずかに盃《さかずき》をふくみ、金七郎は、

「わかるかい、伊織さん」

「そりゃ、そうだろう、亡き父上のうらみを立派にはらしたのだものな」

金七郎は、かすかに笑って、

「いまとなっては、つまらぬことをしたと思っている」

「なぜだ？」

「あいつを斬る、斬らぬにかかわらず、どっちにせよ、おれは、今のおれになるべきだったのだよ」

「わからん」

「そうだろう。こいつは、重い両刀を捨てて自由の身にならぬとわからぬことだが……しかし、あいつを斬って江戸をお構いにならなかったら、おれもどうなっていたか……」

水のように沈んできた障子の色をながめ、

「いまのおれに、だれかが弱虫だと喰《く》ってかかっても、おれは胸にこたえないよ」

「何のことだ、それは？」

「いやなに、こっちのことさ」

「しかし……」

「養父《ちち》が死んだとき、森の家に金があったら、何でもなくすんだことさ。まったく、あっちこっちへ手はつくしたが、どうもつかいものが貧弱すぎて、ききめがなかったようだ。あのとき金があったら……あの若い大工も死ななかったろうし、おれも……おれもなあ、伊織さん。あんたと一緒に所司代詰めを命ぜられて役にも立たぬ両刀を腰に京へ来たかも知れない」

「ふうむ……」

今度はわかったらしい。

内藤伊織は、つくづくと嘆息をして、

「考えると、厭になるなあ……」

といった。

「さむらいも、当節は楽じゃないだろう、伊織さん――」

「まったくだ」

外へ出て、腹の底まで沁《し》み透《とお》ってくる京の町の寒さに顔をしかめ、

「子が二人いるときいたが……」

「うむ」

森金七郎あらため〈柏屋金兵衛〉がいった。

「生んだ女房は、むかしの女房さ」

「母御は？」

「江戸から女房を引きとったときには、もう死んでいましたよ」

熊田十兵衛の仇討ち

一

喧嘩《けんか》の、直接の原因はつまらぬことであった。

その夜……。

播州《ばんしゅう》（兵庫県）竜野《たつの》五万一千石、脇坂淡路守《わきざかあわじのかみ》の家臣で、勘定奉行をつとめる長山主《しゅ》馬《め》の屋敷において年忘れの宴会がひらかれた。

これは、例年のことである。

長山奉行は、部下のめんどうをよく見るし、温厚な人柄を上は殿さまから下は足軽に至るまでに好まれているし、

「この一年、ごくろうであった」

一年も終ろうとする師走《しわす》の吉日をえらび、部下を自邸にまねいて馳走《ちそう》をするのである。

勘定奉行といえば、一藩の諸経費・出財の一切を管理する役目であり、勘定役二名、勘定所元締三名、勘定人二十名、合せて二十五名の部下をしたがえている。

ところで……。

この夜の忘年会で、勘定役をつとめる熊田勘右衛門《かんえもん》が、下役の勘定人で山口小助《こすけ》というものを、満座の中でののしった。

熊田勘右衛門は、このとき五十一歳。ふだんはつとめぶりもまじめだし、むしろ無口なほうで、

「石橋をたたいてわたるというのは、熊田うじのことじゃ」

と、藩中でも、その実直ぶりをみとめられている。

禄高《ろくだか》は百石二人扶持《ぶち》、役目の上での失敗は一度もないが、

「ところが、酒が多く入るといかぬな」

「まるで、人が違ったようになるぞ。なに、飲みすごすのは三年に一度ほどだからよいようなものの、わしは一度、熊田にからまれて大いにめいわくしたことがある」

こういうはなしもきく。

この夜の熊田勘右衛門は、その年に一度の悪日《あくにち》であったといえよう。

「おぬしのような男《やつ》は、御家の恥さらしだ。いまのうちに、その悪い癖を直しておかぬと、御奉行（長山）にも御めいわくがかかることになる。この大馬鹿ものめ!!」

と、いきなり勘右衛門にどなりつけられた男が、山口小助であった。

山口小助は三十石そこそこの身分もかるい藩士で、勘右衛門の下で算盤《そろばん》と帳面を相手につとめている若者である。

小助もおとなしい人柄だし、剣術は一向に駄目なのだが算盤は達者、字もうまい。

徳川将軍の威令の下《もと》、日本国内に戦乱が絶えてより約百六十年も経たそのころの武士が〔官僚化〕してしまっている中では、その事務的才能を買われ、

「あの男、見どころがある」

と、長山奉行も目をつけているほど役に立つ。

「御奉行に目をかけられて、山口小助もしあわせな男だ」

「この、せちがらい世の中で、たとえいくばくかでも行先に昇進《しゅっせ》ののぞみがあるというのは、うらやましいな」

同僚が、うわさをしている。

「しかし、山口も、あの癖が直らぬといかぬ」

と、いう者もいた。

あの癖……つまり、女には目がないということだ。

むろん、女あそびの金があるほどの身分ではないのだが、色白の、すらりとした美男子だし、気性もやさしげなので、

「別に、おれが手を出すのではない。女のほうから寄ってくるのだ」

と、これは山口小助のいいぶんなのである。

独身《ひとりみ》だし、飯たきの下女を一人使っているのだが、これにも手をつける。

この春には、城下に住む経師屋《きょうじや》の後家とねんごろになった。

その情火が消えたと思った夏には、これも城下の薬種屋で〔千《ち》切屋《ぎりや》太《た》郎《ろ》兵衛《べえ》〕のむすめ、およしというのとねんごろになり、夜ふけに、千切屋へ忍んで行き、情を通じた。

この事が発見されたのは、千切屋の主人が娘の寝間へ入りこむ山口小助を見つけてつかまえ、

「嫁入り前のむすめを傷ものにされました」

ひそかに、小助の上役である熊田勘右衛門へ訴え出たからだ。

勘右衛門は、これをうまくもみ消してやり、小助をよんで、こんこんと意見をした。

決して小助を憎んでいたのではない。

で、長山奉行邸の年忘れの宴のことだが……。

宴たけなわとなって、熊田勘右衛門が小用のために廊下へ出たとき、

（や……？）

廊下の曲り角で、山口小助が長山邸の侍女の肩を抱き、たわむれているのを目撃した。

侍女のほうもまんざらでもないらしく、懸命に嬌声《きょうせい》を押しころしつつ、かたちばかりに身をもがいている。

勘右衛門は舌うちを鳴らした。

小助は狼狽《ろうばい》し、あわてて一礼するや、宴席のほうへ去った。

このときは、

（仕方のないやつ……）

と、苦い顔つきになっただけだが、座敷へ戻り、盃《さかずき》を重ねているうち、勘右衛門は

胸がむかむかしてきた。

先刻のことは忘れ果てたように、山口小助が同僚たちと、たのしげに酒をのんでいるのが見えた。

謹直で、いつも下役の小助の尻《しり》ぬぐいをしてやっているだけに、

(いかに若者とはいえ……いまのうちに灸《きゅう》をすえてやらねば取り返しのつかぬことになる)

小助をとなりの席へ呼びつけ、意見をしているうちに、勘右衛門は我を忘れた。

山口小助が頬をふくらませ、さも不愉快そうに自分の忠告をきいているのも癪《しゃく》にさわる。

(こいつ、このごろ、御奉行に目をかけられているのを鼻にかけ、ろくにわしのいうこともきこうとはせぬ)

声が高くなった。

怒鳴りはじめた。

何を怒鳴ったか、よくおぼえてはいないが、山口小助が顔面蒼白《がんめんそうはく》となって自分をにらみつけていた顔だけはおぼろげにおぼえている。

宴席が気まずくなり、やがて終った。

外へ出た熊田勘右衛門は、

(いいすぎたかな……わしも酔っていたらしい)

師走の冷たい夜風が鳴っている。

（小助が、わしをすさまじい顔つきでにらみおった。よほど、ひどいことをいったものと見える。しかも満座の中で……わしも、どうかしていたわい）

これも三年に一度の後悔というべきか……。

武家屋敷の塀が切れ、草原になった。ここは火除地《ひよけち》になってい、この原を横切ると、また武家屋敷がつづく。

勘右衛門が、この原を横切りはじめたとき、原の土に伏せていた黒い影が、

「おのれ、勘右衛門……」

かすれ声をあげ、起《た》ち上がって駈《か》け寄るや、

「おのれ、おのれ……」

めちゃくちゃに白刃をたたきつけてきた。

勘右衛門の手から提灯《ちょうちん》が飛んだ。

「わあっ……」

ろくに剣術の稽古《けいこ》もしたことのない山口小助だったが、はずみというものはおそろしいもので、熊田勘右衛門は、いきなり後頭部を斬られて、転倒した。

その上から、斬った小助が、まるで悲鳴のような叫びをあげて尚も刃をたたきつける。

その場から、彼は竜野城下を逃亡した。

宴席での熊田勘右衛門の忠告が度をこえていたことはさておき、これは山口小助の逆うらみといわれても仕方がない。両者の平常の素行から見てもである。

（うぬ、小助め。あれほど父の世話をうけていながら、よくも父を……）

それだけに、勘右衛門の一人息子、熊田十兵衛の怒りはすさまじい。

十兵衛は山口小助と同じ二十五歳であった。

無外《むがい》流の剣術をまなび、その手練は藩中随一と評判されている十兵衛であるから、

「山口小助の首、みごとに討ちとってくれる」

自信まんまんとして城下を発し、小助の後を追った。

殿さまも家来たちも、

「十兵衛なら大丈夫じゃ」

「山口も、ばかなことをしたものよ」

「この仇討ちは先が見えているわい。年が明けるまでに、十兵衛は小助の首を抱えて戻って来よう」

などと、うわさをし合ったものだ。

二

ところが、そうはゆかなかった。

すぐに後を追ったことだし、藩士たちも手わけをして諸方に散り、逃げた山口小助

の消息をさぐったのだが、ついに見つけることが出来ない。

次の年が明け、そして暮れた。

この間に熊田十兵衛は、一度、城下へ戻り、あらためて旅仕度をととのえ直し、

「逃げ足の早い奴でござる。なれど必ず、近きうちに小助めの首を……」

親類や母のみねにいいおき、竜野を出て行った。

さて……。

逃げている山口小助のほうでも、

（とんだことをしてしまった……）

後悔しきりであった。

（なにも、勘右衛門を殺さぬでもよかったのに……）

である。

しかし、なんといっても小助は武士である。

満座の中で、あれだけ罵倒《ばとう》されたのでは黙ってはいられなかった。あのとき、もしも彼が熊田勘右衛門にののしられて手出しもせずにいたら、

「山口め、あれでも武士のはしくれか」

家中のさむらいたちの軽侮をうけたことであろう。

（それにしても、十兵衛に追いつかれたなら、とてもとても勝目はない）

胸毛の生えた六尺に近いたくましい体軀《たいく》をもち、らんらんたる眼光もするどい熊田

十兵衛の風貌《ふうぼう》を思い出すたびに、山口小助は寒気がしてくる。

（あんな男につかまえられたら、とてもとても……）

であった。

とにかく、小助は夢中で逃げた。

ほとんど路用の金を持たずに出奔《しゅっぽん》したのであるから、先ず第一に金である。

竜野から西へ約二十余里。岡山城下の先の矢坂近くの街道で、小助は供の下男をつれた旅の商人に刃を突きつけて財布を強奪し、付近の山の中へ逃げこんだ。

白昼のことであったが、さいわい人影もなく、財布の中には二十八両余の金が入っていた。これだけあれば、何とか二年近くは食べてゆけるにちがいない。

その二年目の夏の午後であったが……。

さむらいを捨て、思いきって頭をまるめ、旅の乞食坊主のような姿になった山口小助が、東海道・藤枝《ふじえだ》の宿《しゅく》へあらわれた。

両刀も捨てた。

刀をもっていたとて、もしも見つけられたら十兵衛には歯がたたぬことをわきまえていたからである。

駿河《するが》（静岡県）藤枝は江戸から五十里。近くに田中四万石、本多伯耆守《ほうきのかみ》の城下もあって、宿はすこぶる繁昌《はんじょう》をしている。

瀬戸川をわたって宿場へ入った山口小助は、高札場近くの煮売りやの中の縁台に腰をかけ、おそい昼飯を食べていた。

蝉の声が何か物倦《ものう》げにきこえてくる。

日ざかりの街道が白く乾いて、通行の旅人の足も重げであった。

箸《はし》をおき、小助が茶をのみかけたとき、煮売りやの前を、ずっと通りぬけて行った旅の武士がある。

「あっ……」

思わず声を発し、小助は茶碗《ちゃわん》を落した。

「坊さん、どうか、しましたかえ？」

煮売りやの亭主が声をかけた。

「い、いや、なんでもない……茶碗、割れなかったようだな」

「かまいませぬよ。そこへ置いといて下さいまし」

いま、目の前の道を通りぬけて行ったのは、まさに熊田十兵衛であった。

さいわいに、気がつかなかったようだ。

おそるおそる街道へ出て見やると、自分が来たのとは反対に、江戸の方からやってきた十兵衛が足を速めて行く後姿が見えた。

（ああ、見つけられなかった……）

ほっとするのと同時に、

（そうだ）

電光のように、小助の脳裡《のうり》をよぎったものがある。

（そうだ。十兵衛の後をつけて行こう）

その決意であった。

この二年間、小助は十兵衛にねらわれている首をすくめ、恐怖のあまり、夜もろくろく眠れぬ月日をすごしてきていた。

この恐ろしさは〔敵持《かたきも》ち〕の身になって見ぬとわからぬ。

まるで生きている甲斐《かい》のないような明け暮れなのだが、それでいて、

（ああ、死にたくない。なんとか逃げて生きのびたい）

いまの小助は、この一事のみに、ひしと取りすがっている。

だからこそ、

（おれの首をねらう相手のうしろをつけて行けば、決して見つかることはない。こちらが目をはなさずにいるかぎり、相手は、うしろにいるおれを見つけることはできない）

そこまで思いつめたものである。

小助は笠《かさ》をふかぶかとかぶり、彼方《かなた》の十兵衛のうしろから、恐る恐る歩き出していた。

そしてまた、二年の歳月がながれ去った。

三

さらにまた、一年がすぎた。

熊田十兵衛が故郷を発してから、五年を経たわけである。

敵の山口小助は、まだ見つからぬ。

小助は小助で、必死に十兵衛のうしろからついて行く。十兵衛は前方ばかり見て旅をつづけているのだから見つかる筈《はず》はないのだ。

なんともばかばかしく、なんとも無惨な二人の人生ではあった。

封建の時代《ころ》は、日本国内はいくつもの国々にわかれ、それぞれに大名がこれをおさめていた。

その上に、徳川将軍がいて天下を統一しているわけだが、大名たちがわが領国をおさめるための法律も政治も、それぞれに異なる。

ゆえに、A国の犯罪者がB国へ逃げこんでしまえば、A国の手はまわりかねる。

むかしは日本国内に、いくつもの国境が存在していたということだ。

武家の間におこなわれた〔かたき討ち〕も、だから法律の代行といってよい。

かたきを討つ者は、かたきの首を討ちとって帰らぬかぎり、その身分も職も、ふたたび我手へはもどってこない。

つまり、さむらいとして〔かたき〕を討てなくては食べてゆけない。

だからこそ、親類もこれを助けてくれるし、藩庁も出来るかぎりの応援はしてくれる。

だが、

「熊田十兵衛が出て行ってから、もう五年になるのか……」

「おれは、もう忘れかけていたよ」

そんなうわさが思い出したようにかわされるころになると、熊田家の親類たちも、

「どうも、いかぬな……」

「年々、路用の金を送ってやるのにも、張り合いがなくなってきたわい」

と、いうことにもなってくる。

そうなると、熊田十兵衛の心にも躰《からだ》にも憔悴《しょうすい》の色が濃くなってくるし、

（ああ……このまま、おれは山口小助にめぐり逢《あ》えぬのではないか……）

絶望感に抱きすくめられ、旅から旅への生活に疲れが浮きはじめる。

一方、山口小助のほうでも……。

（ああ……こんな暮しをいつまでつづけていたらよいのか……）

息を切らしつつ、おそろしい相手のうしろへついて諸国を経めぐり歩いているのである。

うっかりすると相手を見失ってしまうので、そのことに神経をつかうだけでも大変なことであった。

乞食坊主のようになった小助にしてみれば、十兵衛と同じような旅をするわけにもゆかぬ。路用の金を工面するだけでも非常な苦労をともなう。

十兵衛が宿屋へ入って眠っているすきに、

（いまだ）

自分より弱そうな通行人を見つけて追はぎをやったり、空巣もやる、盗みもするという始末であった。

こんなことをしながらも、何とか十兵衛のうしろへついて行けたのも、むかしは人が住む場所も旅をする道すじもきまっており、泊るところも食事をするところも、およその見当がついたからであろう。

（このままでは、とてもたまらぬ）

と、山口小助も時折は、

（いっそ、すきを見て十兵衛を殺してしまえば、もう安心だ。よし、すきをねらって……）

思うこともあるのだが、いざとなると手も足も出ない。

（もしも失敗したら……とたんに立場は逆になってしまう）

街道を行く十兵衛の後姿には、あきらかに疲労の色がただよっていたけれども、その堂々たる体格、寸分のすきもない身のこなしなどを遠くからながめただけで、

（ああ……やっぱり無謀なまねはできぬ）

と、小助はためいきを吐くばかりであった。

いつであったか、中仙道《なかせんどう》、三富野《みとの》の宿場近くの街道で、熊田十兵衛が三人の浪人者と喧嘩《けんか》をしたのを山口小助は見たことがある。

ぎらり、ぎらりと刀をぬきはらい、その三人の浪人者が十兵衛を取り巻いたとき、

(しめたぞ!!)

と、小助が胸をおどらせたのは当然であったろう。

ところが……。

「来るか!!」

叫ぶや、熊田十兵衛は刀もぬかず、三人を相手に烈《はげ》しく闘い、

「それっ」

なぐりつけたり、

「馬鹿者め」

蹴倒《けたお》したり、

「去《い》ね」

相手の刀をうばいとって威嚇したりで、浪人三人はほうほうの態《てい》で逃げ去ってしまった。

(きさしにまさるすごい腕前だ……)

街道を見おろす山肌の木立の中に身をひそめ、この場面を目撃した山口小助は鳥肌

だつおもいがしたものである。

以来彼は二度と、

（すきを見て十兵衛を暗殺してしまおう）

などとは考えぬことにした。

そしてまた、二年がすぎた。

四

そのころ、熊田十兵衛は病んでいた。

剣術にきたえぬかれた肉体だけに、まったく病気に縁がない筈なのだが、病んだのは眼である。

いまでいう〔そこひ〕の一種でもあったのか……。

原因は、わからぬ。

なにかの拍子に、どちらか片方の眼を傷つけでもしたのを、十兵衛が、

（なに、大したことはあるまい）

手当もせずに旅をつづけていたのが悪かったのかも知れない。

〔そこひ〕の場合、片方が悪くなると、別の眼も悪化する。やむを得ぬ場合は、悪いほうの眼をえぐり取ってしまわなくてはならないのだ。

十兵衛は、何度目かの東海道を歩いていて、

さすがに放ってはおけぬほどの苦しみを感じ出し、御油《ごゆ》の宿場の〔ゑびすや安右衛門〕という旅籠《はたご》に滞在し、ここで医者の手当をうけたが、どうも芳ばしくない。

「とても、私の手には負えませぬ」

御油の医者はさじを投げ、

「これはどうも、江戸へ出られて手当をおうけなさるがよろしい。私が手紙をしたためますゆえ、江戸の、牛込《うしごめ》・市ケ谷《いちがや》御門外の田村立節《りゅうせつ》先生のもとをおたずねなされよ」

と、いい出した。

もはや、そうするよりほかに道はない。

御油に滞在している一か月ほどの間に、十兵衛の悪かった右眼はもとより、左眼のほうも視力がうすれてきた。

頭痛、めまいが、耳鳴りをともなって十兵衛を襲い、頭髪がぬけはじめた。

病状は、急激に悪化しはじめているらしい。

山口小助も托鉢《たくはつ》をしたり、例によって、こそこそと盗みをはたらいたりしながら御油の宿の付近をうろうろしていたが、

(十兵衛は眼を病んでいるらしい。それも、かなり重症らしい)

(これは、いかぬ)

と、見当がついた。

或日《あるひ》——十兵衛が泊っている〔ゑびすや〕の真向かいにある饂飩《うどん》屋の店の中で、うどんをすすりつつ、〔ゑびすや〕を見守っていると、

（や……？）

思わず、小助は腰を浮かせた。

〔ゑびすや〕の街道に面した二階の廊下へ、熊田十兵衛があらわれたのを見たのである。

十兵衛が手すりにつかまり、足もとも危なげに歩み出したとき、階段口を駈《か》け上がって来た中年の女中が、

「まあ、およびになって下されぱよいものを……」

声をかけ、十兵衛のそばへ来て、その手をとり、しずかに誘導しつつ、階段口へ消えた。

（よほどに悪いらしい……）

息をのんで、小助は立ちつくしている。

医者が日に一度は〔ゑびすや〕へ入るのを見たことはあるけれども、あのようにおとろえ切った熊田十兵衛を見たのは、はじめてであった。

「お気の毒でございますよねえ」

小助の背後で、うどん屋の女房の声がした。

女房も偶然に、いまの十兵衛の姿を見たものであろう。

「うむ……」

と、小助は、

「よほどに、お目が悪い……」

「へえ、へえ」

したり顔に女房がうなずき、

「いま、あのおさむらいさまの手をひいてあげた女中さんは、お米《よね》さんといって親切な女《ひと》ですがね、よく、ここへ、うどんを食べに来るんですよ」

「ほほう……」

「昨夜おそく、うどんを食べにお米さんが来たときのはなしに……なんでも、このあたりの医者では手当が行きとどかなくなったとかでねえ」

「ふむ、ふむ……」

「明後日《あさって》の朝、あのおさむらいさまは、ゑびすやの下男がつきそい、江戸へ行って手当をうけるんだそうです」

このとき、旅僧姿の山口小助の双眸《そうぼう》が白く光った。

「なにか、よくよくのわけがありそうなおさむらいさまだと、お米さんもいっていましたけれどねえ」

小助は、こたえず、勘定をはらって外へ出た。

暖春の陽のかがやきが路上にみちている。

手にした笠《かさ》をかぶり、その笠の中で、まだ小助の双眸は殺意に光りつづけていた。

（両眼がろくに見えぬ十兵衛になってしまった……お、おれにも殺《や》れるだろう、いや、き、きっと殺れる……）

なのである。

（殺るべきだ。江戸へ行って、手当をうけ、もしも眼病が癒《なお》ったとしたら……おれは一生涯、ろくに女も抱けず、食うや食わずの苦しいおもいをしながら、十兵衛の後をくっついて行かねばならぬ。この機会《とき》を逃がしては、もはや、おれの浮かび上がる瀬はないのだ）

歩みつつ、山口小助の殺意は次第に、ぬくべからざる決意に変っていった。

両刀を捨てたといっても、さすがに小助もさむらいであった。

ふところに短刀を、かくしてある。

（おれとすれちがっても、十兵衛は気づくまい。これから江戸へ上る道中、人気《ひとけ》のない場所はいくらでもある。それとも、夜中に旅籠へ忍びこんで刺すか……）

この御油から江戸までは、七十六里余もある。

〔ゑびすや〕の下男をやとい、これに手をひかれてすすむ十兵衛の足どりなら、およそ半月以上はかかると見てよい。

機会は、いくらでもある。

（可哀想だが、その下男も……）

いかに山口小助でも、旅籠の下男には〔自信〕をもっている。

と、いうわけだ。

五

七日後の昼下がりに、旅僧姿の山口小助を日坂《にっさか》の宿外《しゅくはず》れで見ることができる。

日坂は、御油から約二十一里。

男の足なら二日の道程であるが、〔ゑびすや〕の下男に手を引かれて歩む熊田十兵衛には四日間もかかる。

小助は、昨夜、十兵衛が袋井《ふくろい》の宿へ泊り、

（おそらく、今夜は、この日坂泊りになることだろう）

と、見きわめをつけていた。

十兵衛と下男が日坂へ着くのは、おそらく夕暮れ近くになるであろう。

日坂から次の金谷《かなや》の宿までは二里たらずだが、この道は只《ただ》の街道ではない。

〔小夜《さよ》の中山〕で有名な中山峠をこえて行くわけだし、起伏曲折に富むさびしげな山道である。

病体の熊田十兵衛が、このようなところを夕暮れに通る筈《はず》はない。

だから、今夜は日坂へ泊り、明日の朝に中山峠を越えることだろう。

十兵衛は深編笠に顔をかくし、全神経をはりつめて街道を歩いていた。

これは、

(いつどこで、山口小助がおれの姿を見かけるかも知れぬ。そして、おれの眼が不自由なことを知ったなら、いかに小助といえども、かならず、おれに斬ってかかるだろう)

と、思うからであった。

しかし、山口小助は、一昨日の午後の街道で、十兵衛のそばへ近づいていたのである。

恐ろしかったが、

(おれの顔が見えるか、おれの声をおぼえているだろうか……?)

そのことを、先ず、たしかめておきたかったからだ。

旅人が行き交う白昼の街道で、

「お眼が御不自由のようでございますな?」

と、小助はつきそいの下男に声をかけてみた。

この〔ゑびすや〕の下男は、白髪《しらが》あたまの実直そうな五十男で、

「はい、はい」

「それは、それは……」

「お坊さまも、江戸へ、でござりますかね?」

「さようでござる」

一礼して、小助は二人を追いこし、しばらく行ってから振り向いて見ると、熊田十兵衛が怪しんでいる様子もなかった。彼は下男に手をとられ、相変らずたよりなげな歩をはこんでいた。

（もう、大丈夫だ）

山口小助の肚《はら》はきまった。

そこで昨夜は一足先に掛川《かけがわ》泊りにし、今朝、そこを出発して、日坂へ来、ここで十兵衛が来るのを待っているのである。

今夜は野宿して翌朝を待ち、十兵衛が日坂を出て、中山峠へかかるのをつけて行き、人気のない山道で刺殺するつもりであった。

むろん、〔ゑびすや〕の下男も一緒にである。

（まだ、日は高い。十兵衛がやって来るのには、だいぶ、間があるな）

決行は明日のことだし、今日は十兵衛が日坂の旅籠《はたご》へ泊るのを見とどければよい。

（これでは、まるでおれが父のかたきを討つようなものだな）

にやりと笑いが浮いて出るほどの余裕が、小助にはあった。

（明日、十兵衛を殺してしまえば……ああ、もうおれは自由の身となる）

故郷を逃げてから七年。山口小助は三十二歳になっている。とすれば熊田十兵衛も同じ三十二歳の筈であった。

（まだ、おれも若い。自由になったら、どこか田舎の町でもいい。金のある商人家《あきんどや》の

養子か何かになって、のんびり暮したいものだ）

まだ、女たちに対しては自信をもっている小助であった。

現に、旅の坊主で歩いていても、ふしぎに女の好意をうけることが多く、托鉢《たくはつ》のときでも、老婆から娘に至るまで、ちかごろは堂に入った誦経《じゅきょう》ぶりで門口《かどぐち》に立つ小助の顔を見ると、かならず喜捨をしてくれるのだ。

小助の、どちらかといえば弱々しげな美男子ぶりが、旅僧の疲れと垢《あか》によごれているのを、いたましいと見るためでもあろうか……。

（いよいよ、明日か……）

小助は、日坂の宿を見おろす山林の中へ入り、そこの陽だまりに腰をおろした。

すぐ前に、細い山路がうねっている。

鳥のさえずりがしきりで、陽のかがやきは、もう初夏のものといってよかった。

何気なく、眼下の竹林の向こうを見やった小助が、

「あ……」

凝《じっ》と眼を据えた。

強い酒でも飲んだように、小助の喉《のど》もとから顔面にかけて見る見る血がのぼってきた。

妖《あや》しげに眼を光らせ、彼は腰を浮かせた。

六

竹林の向こうには谷川がながれているらしい。そこへ屈《かが》みこんで、女がひとり、双《もろ》肌《はだ》ぬぎになって汗まみれになった上半身をぬぐっているようであった。

音もなく、小助が竹林の中へ忍びこんだ。

女……それもうら若い娘である。

このあたりの村娘らしい。

大きな籠《かご》に、野菜だの何かの荷物だのをいっぱいつめこみ、これを背負って峠を下って来たものか。

今日の、まるで夏をおもわせる日盛りの暑さに、冷たい谷川の音をきいて、むすめは人目につかぬ場所をえらび、からだをぬぐいはじめたのだ。

(十八か、九か……)

生唾《なまつば》をのみこみ、小助は、じりじりと近寄って行く。

何も知らぬ娘は、何度も手ぬぐいをしぼりかえては、みごとにもりあがった乳房や、やわらかそうな腋毛《わきげ》のあたりをぬぐいつづけている。化粧のにおいもない健康そのもののような肌が木立のみどりに青くそまって見えた。

このところ、久しく女を抱く機会がなかっただけに、小助は、もうたまりかねた。

「も、もし……」

いきなり背後から男に声をかけられ、ぎょっとして振り向いた娘が、

「あれえ……」

悲鳴をあげたものである。

これは、小助にとって予期しないことであった。

娘が恥じらって胸のあたりを両手でおおうところへ、道に迷った者だが……などと話しかけて見るつもりでいたのだ。

その後は、自信たっぷりな自分の顔貌《がんぼう》と物やさしげな会話で娘を落ちつかせ、何とか思うところへもっていこう……そのつもりでいたところが、おどろいた娘は、こちらの話しかける間もなく叫び出したので、

「こ、これ……」

飛びかかり、抱きすくめて、小助は娘の口を押えた。

むっと若い女の甘酸っぱいうす汗のにおいが小助の鼻腔《びこう》へとびこんできた。

「離して……あ、あっ……む……ウ、ウウ……」

もがく娘をねじ伏せ、

「おい、これ……おとなしくしろ。何でもない、何でもないというに……」

弾力にみちた娘の腰や太股《ふともも》の感触に、小助は逆上してしまっていた。

（や……？）

小助は、あわてて腕のちからをぬいた。

娘のからだから、急に、抵抗が止んだのである。気がつくと、小助の両手が、娘のくびをしめていた。ぐったりと、仰向《あおむ》けに、娘は草の上へ横たわっている。腕も乳房も露呈されたままで、裾《すそ》のみじかい野良着から右の太股がはみ出している。白く、たくましい肉づきであった。死んではいないようだ。

その、気をうしなった娘の上へ、小助は、おおいかぶさっていった。ゆたかな乳房に顔を埋めつつ、小助の右手はあわただしくうごいた。

小助のあえぎが高まっていった。

こういうときの男の姿が、まったくの無防備状態となることはいうをまたぬ。

夢中になって、あさましく娘のからだへいどみかかっている小助のうしろから、

「この野郎!!」

怒声と共に、いきなり棍棒《こんぼう》が打ちおろされた。頭をなぐりつけられた小助は短かい呻《うめ》きをあげたのみで気絶してしまった。

「この乞食坊主め、何というまねをしやがるのだ」

ぐいと、小助のえりがみをつかんで、まだ息を吹返してはいない娘の上から引きずりおろした男は、見るからにたくましい体軀《たいく》の中年男だ。この男は、中山峠の向こうの小屋に三年ほど前から住みついている猟師で、源吉という。

だが、この源吉、実は須雲《すくも》の松蔵という大泥棒の手下で、〔滑津《なめつ》の源治郎〕という盗賊である。中山峠の彼の小屋は、須雲一味の連絡所で、次の大仕事のための備えに

なっていたところだ。

「畜生め」

と、小助の顔へ荒々しく、つばを吐きつけ、

「こういう坊主がいるのだから、たまったものではねえ」

軽々と小助を抱きあげ、あっという間に、先刻まで小助が腰をおろしていた山林の奥ふかくへふみこみ、

「こんな悪坊主がいては、女どもが安心できねえ」

小助をおろし、腰の鉈《なた》と、棒切れをつかい、さっさと穴を掘りはじめた。

土は、やわらかかった。たちまちに深さ一メートルほどの穴が掘りあがった。

「ホ、ホウ……」

このとき、小助が息を吹返した。

「あ、ああっ……」

土気色の顔を驚愕《きょうがく》にゆがませ、這《は》いずるようにうごきかけた小助へ、

「くたばれ」

事もなげに、滑津の源治郎が飛びかかって首をしめ、そのまま穴へ突き落とし、どしどしと土を蹴込《けこ》んだ。

穴の底で、白い眼をむき出した山口小助がわずかにもがいたようであったが、たちまちに土が彼の姿を隠してしまった。小助を生き埋めにした穴の上で、源治郎は、し

ばらくあたりの様子をうかがっているようだったが、

「明けの烏《からす》に行灯《あんどん》が……」

鼻唄《はなうた》をうたいながら、平然と山路をどこかへ去った。

村娘のおもよが息を吹返したときには、あたりにだれもいなかった。

いやらしい、けだもののような旅僧の笠《かさ》が少し離れた草の上へ落ちていたのみである。

夕暮れになった。

〔ゑびすや〕の下男に手をひかれ、日坂の宿場へ入って来た熊田十兵衛が〔坂や金左衛門〕方へ泊った。そして翌朝、十兵衛は何事もなく、中山峠を越えて江戸へ去った。

さらに……十五年の歳月が経過した。

この間に、熊田十兵衛は三度も東海道を往来し、中山峠を越えている。

しかも単独でであった。単独で旅が出来るというのは、彼の眼病が癒《なお》ったことになる。

その通りであった。

十五年前に、御油の医者が紹介してくれた江戸・牛込の眼科医・田村立節は、

「手おくれのようにも見ゆるが……なれど出来得るかぎりの手当はしてみましょう」

と、いった。

治療の金もなまなかなものではなかったけれども、

「仕方もあるまい」

しぶしぶながら、十年来の叔父《おじ》・名和《なわ》平四郎が出してくれた。

この叔父は、ちょうど出府していて、脇坂家の江戸藩邸に詰めていたのである。

しかし、十五年を経たいまでは、この叔父をはじめ、十年来の親類たちは、

「もう寄りついてくれるな」

はっきりと、十兵衛に宣告をしていた。

熊田十兵衛は二十年余もかかって、まだ父のかたきを討てぬ男なのだ。

「見っともないゆえ、顔を見せるな」

といった親類もいた。

それはつまり〔かたき討ち〕のための旅費も、十兵衛みずからが稼ぎ出さねばならぬということだ。

この数年――十兵衛は何でもやった。

江戸にいるときなど、夏になると下総《しもうさ》・行徳《ぎょうとく》の塩田で人夫もした。道場破りをしながら旅をつづけたこともある。

いまの十兵衛は五十に近い。髪も白くなり、やつれきった顔かたちになってしまったが、

（なんとしても、山口小助の首を……）

と、生きつづけねばならぬ。

首をとらねば、帰るところもない。

母も亡くなってしまった。

（だが、小助はいまも生きているのだろうか……？）

そう思うと何ともいえぬ虚脱感におそわれる。癒ったように思った眼も、このごろ、また悪くなりはじめてきた。

その年の初夏……。

熊田十兵衛が江戸を発《た》って大坂へ向かう途中、中山峠をこえたとき、日坂の宿外れで二人の男の子の手をひき、女の赤子を背負った、たくましい体つきの農婦とすれ違った。

ただ単に、すれ違っただけのことである。

この農婦が、十五年前、山口小助に犯されようとした村娘のおよしであることを、十兵衛が知るよしもない。

およしは快活そうな笑い声をたてつつ、子供たちと何か語りながら、去って行った。

視力のうすれかかる心細さ、さびしさに泣きたいような気持になりながら、熊田十兵衛は、とぼとぼと日坂の宿場を通りすぎて行った。

中山峠の山林の土の底で、山口小助の死体は、すでに白骨化していた。

あばた又十郎

一

疱瘡《ほうそう》——すなわち、天然痘《てんねんとう》のことだが、この病気が我国に渡来したのは、およそ千二、三百年ほど前のことだという。

昔は、この病気の流行に世界の人々は手をやいたものだ。

余病を出さぬかぎり、命にかかわるほどの危険さはともなわぬが、あとが困る。

顔や手足に〔おでき〕が出来て、病気が癒《なお》ったあとも、みにくい痕跡《こんせき》を残す。

顔に、この痕《あと》が残ると、いわゆる〔あばた面《づら》〕となる。

この病気も、西暦一七九八年、かのジェンナーの発見した種痘法《しゅとう》によって、ほとんど流行を見なくなったが……しかし、日本においても、ちょんまげ時代には〔あばた〕の顔をした人が、かなり多かったものだ。

女性にとってはむろんのこと、男性にも、みにくい〔あばた面〕が好まれるわけがない。

けれども、例外というものは、いかなる場合にもあるもので、

「しめた!!」

疱瘡にかかり〔あばた面〕になったことを、大いによろこんだ男がいた。

堀小平次が、これである。

小平次が、疱瘡にかかったのは二年前の、三十九歳のときであった。

病状によっては〔あばた〕のあとも、ごくうすくて済む場合があるのだが、小平次のは、まことにひどく、

「あの浪人さんも、気の毒になあ」

病気中に厄介をかけた上州《じょうしゅう》・熊ヶ谷《くまがや》宿の旅籠《はたご》〔むさし屋〕の主人・文藤《ふみとう》夫婦にもいたく同情をされたものだ。

「どうも、みにくい顔になってしもうて……」

小平次も、表面では、さもがっかりしたように見せてはいたが、内心では、

（しめた!!）

手をうって、よろこばざるを得ない。

（まるで、おれの顔は、変ってしまったわい。これなら、誰が見ても、わからん）

と言うことは、誰かに見つけられては困る理由が、堀小平次にあったからである。

小平次は、敵《かたき》もちなのだ。

敵を討つ方ではなく、討たれる方なのである。

堀小平次が、津山勘七《かんしち》を斬り殺し、上田城下を逃亡したのは、十八年前の享和《きょうわ》元年夏であった。

津山勘七は、小平次と同じ松平伊賀守《いがのかみ》の家来で、役目も同じ〔勘定方〕に属していた。

ただし、勘七の方が禄高《ろくだか》も多かったし年齢も一まわり上で、言えば小平次の上役であった。

上田城の北面、鎌原《かんぱら》町に、堀小平次も津山勘七も住んでいた。

ときに、小平次は二十三歳である。

姉の三津《みつ》は〔鎌原小町〕といわれたほどの美人だから、小平次の方も、まんざらではなかった。

父が病死すると、すぐに小平次は三十石二人扶持《ぶち》の家をつぎ〔勘定方〕へつとめるようになったが、

「若いに似ず、なかなかに、よう出来た男じゃ、堀のせがれは……」

藩中の評判もよかった。

まじめな性格だし、父親ゆずりに筆もたつ。そろばんもうまいものである。

堀家は、祖父の代から〔勘定方〕役目をつとめていたので、城下の町人たちとも知り合いが多く、そういうわけでもあるまいが、

「ぜひに……」

城下の豪商・伊勢屋《いせや》長四郎《ちょうしろう》が、せがれの嫁にほしいと、小平次の姉をのぞんできた。

家老の口ぞえもあって、姉の三津が伊勢屋へ嫁入りをした。その年の夏に、小平次の身に異変が起った。

その事件を、はじめから、くだくだとのべてみても仕方があるまい。

手っとり早く言えば……。

二十三歳の堀小平次が、津山勘七の妻よねと、姦通《かんつう》をしたということになる。

よねは、三十三歳であった。

いつの世にも、こうした事件は起るものだ。

両家は、細い道をひとつへだてて向い合っており、小平次は、少年のころから津山家へ出入りもし、むしろ勘七には、よく可愛がってもらったおぼえがある。

魔がさしたのであろうか。

信州・上田の、さわやかな夏の夜ふけに、よねと何度目かの逢引《あいびき》をするため、小平次は津山家へ忍んで行った。

勘七は、当直で城内へ詰めていて、留守であった。

「小平次どの……」

「よねどの……」

下女も小者もいる。

二人は、よねの寝所で、声をひそめつつ、互いの軀《からだ》をまさぐり合った。

そこへ、突然、津山勘七があらわれたのだ。

どうも、小者が感づいて、事前に二人のことを密告したものらしい。

「おのれ!!」

勘七は激怒した。

「小せがれめが、いつの間に――」

こうした場合には、武士たるもの、慎重な態度がのぞましいわけなのだが、短気の勘七は、いきなり刀を抜いた。

「あ、ああっ……」

小平次は、もう夢中である。

ただもう、斬られたくはない死にたくないの一念で、勘七の軀へ飛びついていった。

「ぎゃあー……」

すさまじい悲鳴があがり、勘七が板戸を倒したように転倒した。

気がつくと、小平次は勘七の小刀を手につかんでいた。

もみ合ううちに、相手の刀を抜き、それで勘七を刺したものらしい。

よねの叫びと、隣室に寝ていた津山の一人息子の鉄之助《てつのすけ》の泣声とに気づく余裕もなく、堀小平次はもう夢中で我家へ逃げた。

一刻の躊躇《ちゅうちょ》もならなかった。

津山勘七を殺したことを、母の勢喜《せき》に知らせる間もなく、小平次はあるだけの金をつかんで家を飛び出したのである。

それから、十八年たった。

十八年前に五歳だった津山のせがれの鉄之助は、いま二十三歳になっている。

ちょうど、小平次が彼の父・勘七を殺害したときと同じ年齢にまで成長しているのだ。

鉄之助は十七歳のときに、殿様のゆるしを得て、父の敵・小平次を討つため、上田城下を出発している。

小平次と通じ合った母のよねは、父の死後、藩奉行所の取調べ中に自殺してしまっていた。

「おのれ、小平次め!!」

津山鉄之助の恨みは、すさまじいものだという。七歳のころから新陰流《しんかげりゅう》をまなんで腕前も相当なものだし、

(もしも出合ったら、とても、おれが勝てよう筈《はず》はない)

小平次は、青くなった。

こうした情報は、すべて上田の〔伊勢屋〕方から、小平次の耳へ入ることになっていた。

母は、あの後、親類預けになり、悲しみのあまり翌年の秋に亡くなっている。

だが、姉の三津は、今や伊勢屋の女房であるし、この方には何の〔御構い〕もなかった。

伊勢屋は、松平五万三千石にとって、大切にしなくてはならぬ金持ちでもある。

「つかまってはいけない。どこまでも逃げのびておくれ」

弟思いの三津は、十八年間にわたって、弟小平次が路用の金に事欠かぬよう、はか

らってくれている。

一年に一度だけ、小平次は、江戸の日本橋青物町にある呉服屋〔槌屋幸助《つちやこうすけ》〕方へあらわれ、姉からの金をうけとっていた。

槌屋は、伊勢屋の親類なのである。

「お気をつけなされませ。あなたさまをつけねらう津山鉄之助というお方はな、この江戸市中の剣術の道場でも、かなり評判の腕前らしゅうございますよ」

今年の春に金をうけとりに行ったときも、槌屋幸助が眉《まゆ》をひそめて小平次に言った。

「ふむ……」

いささか気味が悪くなったが、

「だが、幸助殿。この、おれの顔を見てくれ。昔のおれを知っている松平家の者が、いまのおれを見たとしても、おそらくは、わかるまいよ」

「なるほどなあ……」

「おれが、はじめて、このあばた面を、おぬしに見せたときも、おぬしはわからなかった。たった一年前に見たばかりのおれの顔を、このみにくいあばたの中から見つけることが出来なかったではないか」

首を討たれるという恐怖は今も去らないが、その恐怖の度合いが、だいぶ、うすれてきている小平次であった。

当時、五歳の幼児にすぎなかった鉄之助は、あばた面になる前の小平次を見ても、それとは気づくまい。

だから鉄之助は、小平次の顔をよく知っている叔父《おじ》の笹山伝五郎《ささやまでんごろう》と共に、小平次を探しまわっているという。

(伝五郎とても、気がつくまい)

小平次には、自信があった。

いっぱいに赤黒い瘢痕《はんこん》がひろがっている自分の顔は、自分が見ても自分ではないような気がする。

(大丈夫だ。何としても、おれは逃げのびて見せるぞ)

旅から旅へ逃げまわる人生は、まことに苦しいものだが、あばたになってからの小平次には、かなりの安心も生れてきて、

(死なん。おれは決して鉄之助に討たれてはやらぬぞ)

旅はつらいが、酒もあり、女もある。

まして、伊勢屋からの援助で一年の暮しには困らないのである。

今年――文政《ぶんせい》二年で、堀小平次は四十一歳になっていた。

〔あばた面〕になってからは、小平次も、いろいろな変装をやめ、浪人姿にもどった。

やはり、大小を差している方が心強いからであったし、見つからぬという自信もあったからだ。

名前は、むろん変えていた。

小平次は越後《えちご》浪人、熊川又十郎という強そうな名前を名乗っている。

(そうだ、熊川又十郎も、おれと同じ、あばた面であったなあ……)

小平次は、ときどき名前を借りた浪人者のことをなつかしく思い浮べることがあった。

熊川又十郎という浪人に出合ったとき、堀小平次は、まだ疱瘡《ほうそう》を患らってはいなかったのである。

又十郎と知り合ったのは、四年前のことだ。

二

四年前の、その朝……。

堀小平次は、中仙道《なかせんどう》・今須《います》の宿場の〔大黒屋〕という旅籠《はたご》に泊っていた。

今須の宿は、有名な関ケ原の古戦場から西へ一里のところで、山と山にはさまれた小さな宿場である。

旅籠も〔大黒屋〕が一つきりしかない。

前夜は、少し酒を飲みすぎ、

(油断をしてはならんぞ、油断をしては……)

そのころは〔あばた面〕でも何でもない小平次であったから、自分をつけねらう津山鉄之助の刃を一日たりとも忘れたことはない。

はっと、眼がさめた。

旅籠の表口で、がやがやと人のさわぐ声がしたからだ。

(何だ？)

追われる身にとっては、日常のすべてに少しの油断もならない。

津山鉄之助が、自分の所在を知って旅籠へ飛び込んで来たかも知れないのだ。

そうでないと、誰が言い切れよう。

番頭や女中の声もまじり、騒ぎの声は大きくなるばかりだ。

小平次は、大刀をつかみ、油断なく身構えた。

(違うらしいな……)

どうも、自分には関係のない騒ぎらしい。

(ともかく起きよう。寝すごしたわい)

廊下へ出た。

小さな旅籠だから、小平次の泊った離れの部屋から、秋草がしげっている中庭を通して、向うに、旅籠の表口から入った土間の一部がのぞまれる。

(何だ!?　ありゃア……)

土間には、女中が三人と、主人らしい男や下男たちが、一人の浪人を取巻いて騒ぎたてているのだ。

「払うといったら払う。何も借り倒そうというのではないッ」

後姿しか見えないが、いかにも見すぼらしい浪人であった。

「おれも武士だ。払わんとはいわん!!」

浪人が、しぼり出すような異様なひびきをもつ声を張りあげて叫んでいる。

(ははあ……)

小平次も、のみこめてきた。

あの浪人は、金もないのに宿へ泊り、飲み喰《く》いをしたあげく、朝になって逃げ出そうとしたのを旅籠のものに見つかったものらしい。

のこのこと、小平次は見物に出かけた。

陽はのぼっているのだろうが、まだ山肌にさえぎられているらしく、表の街道にも冷え冷えとした朝の大気が張りつめている。

「誰か、お役人を……」

主人らしい男が叫んだ。

「黙れ!!」

出て行こうとする下男の襟首をつかんだ浪人者は、

「そのようなことをすれば、斬る!!」と、わめいた。

下男の軀《からだ》は、おそろしい力で土間に叩《たた》きつけられた。

廊下の柱の陰から、小平次は、五間(約九・一メートル)ほど向うに見える浪人の横顔を、はじめて見た。

（ほう。こんなやつが、昨夜、此処《ここ》へ泊ったのか……ちっとも気づかなかったがな……）

年のころは、小平次と同じほどに見えた。

小平次は、息をのんだ。

浪人者は、ひどい〔あばた面〕なのである。

背の高い、やせた軀に紬《つむぎ》の着流しという姿なのだが、その紬の着物も色あせて、ぼろぼろの、ひどいものであった。

刀は脇差《わきざし》を一本、腰にさしているのみであった。

「旅籠賃と酒代を合せて六十文。きっと払うが、今は無いと申しておる。必ずや、いつの日にか借りを返しに、おれはやって来る。それまで待てと言うのだ」

浪人の声が、変に、かすれたものになった。

「なれど、そのような、無理を……ともあれ、お役人に……」

主人が、必死で言いかけると、

「よし」

浪人の眼が狼のように光った。

「よし。きまった」と、浪人は言った。

言うと同時に、眼にもとまらぬ速さで腰の脇差を抜き放った。

「きゃーっ――」

女中たちが頭を抱えて、帳場や廊下に突伏してしまう。

「行くなら行け。おれも、もう、この上、恥はかきたくない。こうなれば此処で死ぬ」

おどかしているのではなかった。

浪人は、みんなが目をみはっている前で、いきなり脇差をさか手に持ちかえ、刀を腹へ突き立てたのだ。

このとき、堀小平次が、浪人のうしろ二間のところで見物しに出てこなかったら、浪人の命も、それっきりになっていたかも知れない。

そこは、小平次も侍である。

浪人が刀を突きたてるのと同時に、飛びついた小平次の腕は、脇差を持った浪人の腕を押え込んでいた。

しかし、わずかに浪人の腹から血が走った。

またも女たちの悲鳴が起る。

旅籠の亭主は腰をぬかしてしまった。

「放せい」

喉《のど》がかき裂かれたかと思うような声で叫び、浪人は、小平次を振り飛ばした。

何とも、すさまじい力だ。小平次は土間へころがってしまったのだ。

「ま、待たれい」

小平次が叫んで立ち上ったとき、ふらりと、浪人の軀が土間の上でゆれ動いた。

脇差が、突っ立ったままの浪人の手から、ぽろりと土間に落ちた。

「あ……」

小平次が支える間もなく、浪人の軀は、すとんと、うつ伏せに土間へ倒れていた。

「この男の借りは、おれが払う。早く、医者を呼べ」

夢中で、小平次は叫んだ。

その浪人者を、なぜ助けてやる気になったのか、堀小平次は自分でもわからなかった。

強いて言えば〔流浪の貧しい浪人〕への同情であったかも知れない。

（だが、それのみではなかったのだな……）

四年後の今になってみると、小平次にも、あのときの自分の心の動きが、いくらか、わかりかけてきたような気もする。

武士として、この上、恥をかきながら無銭飲食をつづけて行かねばならぬ身の上を、いさぎよく清算してしまおうとして、あのときの浪人者の脇差が、何のためらいもなく、おのれの腹を突き破ろうとしたとき、

（いかん!!）

衝動的に飛び出し、浪人の腕を押えた小平次の心の中には、一つの感動が火のように燃えたったのである。

一瞬のことであったが……。

（おれにも、これだけの気がまえがあったら……）

これであった。

当時は、津山鉄之助が成人して自分を探し首を討つための旅に出たということを、江戸の〔槌屋幸助〕から聞いたばかりで、

（死にたくない、討たれたくない!!）

その一心で、夜も昼も、軀が宙に浮き上っているような恐怖感に、さいなまれつづけていたのである。

（そうだ。おれにも、あの浪人の気構えがあれば、鉄之助に出合うても、むしろ、こちらから相手を返り討ちにしてやるという、それだけの意気組みも出てこようというものだがなあ……）

残念ながら、四年たった今でも、そんな強い人間にはなれぬと、小平次は、あきらめてしまっている。

あのとき浪人の死を見ることは、自分自身の死を眼の前に見るような気がした……そういう心の動きもなかったとは言えない。

乞食のような浪人が、しかも自分と同じ年ごろの男が、山の中の小さな旅籠《はたご》の土間で、たった一人、流浪の人生の始末をつけようとした凄惨《せいさん》な姿を、どうしても傍観することが出来なかったのだ。

と言うことは、堀小平次が生来は心のあたたかい、気のやさしい男だったことにもよるのだが……。

浪人は、それから旅籠の一室で手当をうけた。

腹の傷は、それほど重いものではなかったらしい。

だが、手当を終えた宿場の医者は、小平次を見て、首を振ってみせた。

「いかぬのか？」

ぐったりと眼をとじている浪人を部屋へ残し、小平次は医者を廊下へ連れ出して訊《き》いた。

「病気でござるよ」

老いた医者は、小平次にささやいた。

医者は、自分の胃のあたりに手をあてて見せ、

「ここが悪い」と、つぶやいた。

「刀を突きたてなくとも、あと一月はもちますまい」

「そうか……」

その夜も、小平次は大黒屋へ泊った。

翌朝になって、浪人の病室をおとずれると、

「やー、これは……」

床の上から首をもたげて、浪人が微笑をした。弱々しい笑いであった。

顔いちめんの、みにくい〔あばた面〕なのだが、よく見ると、ととのった顔だちで、浪人暮しの垢《あか》も、あまりついていないように見うけられた。

「お世話をかけ申した」

「いや……いかがでござる」

「これまででござるよ」

「え……?」

「貴公、無駄なことをなされたものだ」

「…………」

「それがしは、どちらにしても、もう永い命ではなかったのに……」

「なれど……」

「いや、お心はありがたく……死にのぞんで、それがしは今、久しぶりに、人の心のあたたかさを嚙《か》みしめておるところだ。行きずりのそれがしを助けてくれた貴公の……ありがたい。この、ありがたいという気持を抱いて死ねることは、それがしにとって、思うても見なんだ幸せというものでござる」

医者から聞いていることだし、小平次も、浪人に向って何も言うことが出来なかった。

（いったい、どういう経歴をもつ男なのか……）

それとなく訊いてみようと思い、看病をしてやりながら話をそこへ持って行くと、

浪人は、かすかに笑って、

「それがしの身の上など、お話しすべき何物もござらぬ」

そして、また、うつろな眼《まな》ざしを天井に向けたまま、黙り込んでしまうのであった。

あばたの顔の色は、もう鉛のように変り、吐く息もせわしくなってきて、その日の夕刻には、おびただしい血を吐いた。

「こりゃ、もういかぬわ」

浪人は苦笑をして、

「急に、さしせまってまいったようだ」

「何の――案じられるな」

「貴公、お急ぎの旅ではござらぬのか？」

「いや、その……」

小平次は、あわてて首を振った。

「それがしも浪々の身で……」

「左様か……それにしても、貴公は、路用の金にお困りではない。けっこうな御身分じゃ」

「何を言われる」

「すまぬ。浪人してから口が悪うなってなあ……」

翌朝は、雨だった。

音もなく降りしきる秋の雨を、浪人は見たいと言った。

小平次と女中が障子をひらいてやると、浪人は、ややしばらく、中庭の草にふる雨を見つめていたが、

「せめてものお礼ごころ、名前だけはおきかせ願おうか」と言った。

「申しおくれた。それがしは……」と、言いかけて、小平次は口をつぐんだ。

女中もいることだし、本名を名乗るわけにはいかない。そこで、宿帳に書いた変名を名のると、浪人は、にやりとして、女中を去らせてから、

「それは、まことのお名前ではござらぬな」

「いや、それは……」

「まあよいわ。貴公にも、いろいろ御事情があると見える。人それぞれに、いろいろとな……だが、それがしは、もはや死ぬ身だ。ありのまま、本名を名乗ろう」

「……」

「熊川又十郎と申す」

「うけたまわった」

「いかいお世話になり申した。ありがとうござる」

「何を言われる」

「さて——そこにある、それがしの脇差《わきざし》、おうけとり願いたい」

「めっそうもない」

「旅籠賃のかわりには充分になる代物だ。なれど、大刀は売っても、この脇差だけは売れぬ……いや、手放せぬわけが、それがしにもござってな」

「はあ……」

「もはや、こうなっては、その脇差に用もない。おうけとり下され」

「もしも、お身寄りの方でもござるなら、それがしがお届けしてもよろしいが……」

「ばかな……」

又十郎は吐き捨てるように言った。

「二十年前より、この熊川又十郎は、一人ぽっちとなったのでござるよ」

「……？」

「その脇差、さしあげるが……なれど、身につけずに売ってしまった方がよろしい。何せ、縁起の悪い脇差ゆえなあ……」

「……？」

「売って下され、たのむ」

「……？」

「売った金で、酒などくみ、それがしのことを思い出して下さるなら幸せでござる」

くどく訊いても、わけは話さぬにきまっている。

やがて、堀小平次が昼飯をしに行き、すましてから又十郎の部屋へ戻ってみると、又十郎は、しずかに息をひきとっていた。

浪人の脇差は〔伊賀守金道〕の銘刀であった。寛永《かんえい》年間の禁裡《きんり》御用をつとめたといわれる初代金道作のうちでも見事なものだということが、鑑定してもらってわかった。

そうなると、売る気にもなれず、あの浪人の形見だと思い、小平次は今も、この脇差を腰にしているのだ。

二年前に疱瘡《ほうそう》にかかり〔あばた面〕となったとき、

（おれも、熊川又十郎と同じ顔になってしまったな）

ふしぎな因縁だと思った。

（そうだ。これから俺は、熊川又十郎になってしまおう。下らぬことで一生をあやまった堀小平次の一生を捨ててしまうのだ!!）

何となく明るい気持になった。

三

また、二年たった。

津山鉄之助は、二十五歳になっていた。

父の敵《かたき》・堀小平次を、まだ見つけ出すことは出来ない。

「上田の伊勢屋が、小平次めの居処《いどころ》を知っているに違いないと、それはわかっておるのだが……」

鉄之助の叔父《おじ》・笹山伝五郎も手をこまぬいている。

もちろん、伊勢屋への探索は行なっていた。

むかし、津山家につとめていた下女の孫娘を長久保の村からひそかに呼びよせ、これを、上田城下の伊勢屋長四郎方へ奉公させてある。

現在の伊勢屋の主人は、小平次の姉・三津の夫である。

夫婦仲もよく、四人の子をもうけていた。

そういうわけだから、伊勢屋長四郎が女房の弟である堀小平次を何かと助けてやっているらしいことは、誰にも想像がつく。

「津山のせがれな、あれは敵を討てぬまま一生を終えてしまうやも知れぬぞ」

「何しろ、伊勢屋が敵の後楯《うしろだて》をしているのではなあ」

上田藩の侍たちも、こんなうわさをしているほどだ。

伊勢屋は城下屈指の米問屋であるし、上田藩とも密接な関係を有している。

家老や重臣たちとのつきあいもひろい。

このころになると、大名も武家も、商人の実力に圧《お》されがちになっており、商人との政治的なつながりがなくては、藩の経済が成りたたぬというところへきている。

伊勢屋のような富豪は、上田藩でも大切にあつかわなくてはならない。

だから、いきおい、津山鉄之助へ対する藩の態度は冷たかったと言えよう。

「妻を寝とられたあげく、おのれの命までもとられたとは、津山勘七も男を下げたものじゃ」

当時、家老のひとりが苦々しげにもらしたということだ。

鉄之助の敵討ちをゆるしはしたものの、積極的な応援を、藩はしてくれない。

その上、殺された津山勘七よりも、殺した堀小平次の方に人気があって、

「堀のせがれに手を出したのは、津山の妻女の方からだということだ」

「小平次も、あのようなことで一生をあやまり、気の毒にのう」

「この上は、何とか逃げのびてもらいたい。わしは、ひそかに、そう思うとる」

短気で、ゆう通のきかなかった津山勘七ばかりか、鉄之助までも、まことに損な立場におかれている。

けれども〔敵討ち〕は、封建時代における一種の刑罰制度である。

上田領内で人を殺したものが、他の大名の支配する領土へ逃げ込んでしまえば、そこには別の制度があり、別の国がある。

そこで敵を討つ方も、一時は浪人となり、主家を離れた自由な立場になった上で〔敵討ち〕が行なわれるのだ。

〔敵討ち〕の物語りはいくつもある。

殺した方に正当な理由があり、殺された方が悪い場合だって、むろんあるわけだ。

けれども〔敵討ち〕のおきてがある以上、武士たるものは、討つ方も討たれる方も、その後に来る馬鹿馬鹿しい苦労を考え、殺人をせずに何とかすませるという理性を持

っていなくてはならない。

いや、その理性を求め、殺人事件を起さぬように願えばこそ〔敵討ち〕のおきてが決められたとも言えよう。

まったく、逃げる方も苦しいが、追う方も苦しい。

うまく短い月日のうちに敵の首をとることが出来ればよいが、二十年、三十年かかってやっと敵を見つけ首を討ったときには、自分も旅の空で人生の大半を送り、白髪の老人となってしまった、ということもある。

それでも討てるならまだよい。

一生かかって見つからぬこともある。

見つけても、反対に、こっちが斬られてしまうこともある。いわゆる〔返討ち〕だ。

しかし、とにかく、武士たるものは敵を討たねば、自分の領国へ戻れず、殿様の家来として暮すことも出来ないのだ。

「必ず、おれは、小平次を見つける!!」

津山鉄之助は、まだ若い。

それに、父と母を同時に失った恨みは激しい。

腕にも自信はある。まず、小平次の返討ちにあうことはないと言えよう。

鉄之助と、叔父の笹山伝五郎は、この八年間に、日本国中を歩きまわってきた。

叔父の伝五郎は、もう五十に近く、

「わしが死なぬうちに、小平次を見つけぬことにはな。何せ、お前は、あいつの顔をおぼえておらんのだから……」

このごろでは、心細いことを言い出すのである。

文政四年の夏となった。

津山鉄之助は、叔父と共に、一年ぶりで江戸の地を踏んだ。

大坂にしばらく住み、堀小平次を探していたのである。

二人は、浅草阿部川町《あべかわ》・本立寺《ほんりゅうじ》裏の長屋に居をさだめた。

日本橋青物町の呉服屋〔槌屋幸助〕が、伊勢屋の親類であることは、すでにつきとめてある。

「叔父上は、槌屋を見張っていて下され」

「むだではないかなあ。すでに、江戸へ来るたび、槌屋へ探りを入れてあるが、何もわからなかったではないか」

「いや、きっと槌屋は、小平次めとかかわりあいをもっておると、私は睨《にら》んでおります」

「そうかのう……」

二人とも、暮しは苦しい。

敵討ちの費用も、信州・飯山《いいやま》藩にいる親類が助けてくれているのだが、このごろでは、あまりいい顔をしなくなってきている。

「この上、敵が見つからぬとあれば、わしもお前も、どこかの大名屋敷へ仲間《ちゅうげん》奉公でもしながら、小平次めを探すよりほかに道はないのう」

笹山伝五郎が、こんなことを言う。

「叔父上には、御苦労をかけて、申しわけありませぬ」

「何の——わしにとっても兄の敵じゃ」

そう言ってはみても、養子に出て笹山の家をついだ伝五郎には、妻も子もある。

八年も旅をつづけていると、もう兄の敵など、どうでもよいと思うことさえあるのだ。

「なかなかに、見つからぬものじゃな」

こぼしながらも、笹山伝五郎は、毎日、日本橋へ出かけて行った。

槌屋の店先を編笠《あみがさ》で顔を隠しつつ、何度も往来する。

近くの路地にある〔一ぜん飯屋〕などへ入って、それとなく槌屋方のうわさを訊《き》き出そうとこころみる。

いずれも、駄目であった。

「同じことじゃ」

夏もすぎた。その日の夕暮れ、笹山伝五郎は槌屋の前を通りぬけ、阿部川町の長屋へ帰ろうとして、ぼんやり歩いていた。

秋の、もの哀《がな》しい夕暮れだ。

夕焼けのいろが、伝五郎にとって、ひどくさびしいものに見える。あわただしい人の往来を縫って歩いていると、向うから、身なりのよい浪人風の侍が歩いて来るのに気がついた。

(浪人でも、あんなのがおる。金をもっているのだな。名ある剣客ででもあろうか……)

すぐ近くまで来て、その浪人が、みにくい〔あばた面〕であることに、伝五郎は気づいた。

(あばたでも、こんなひどいのがあるのかのう、気の毒に……)

そんなことを思いながら、笹山伝五郎は、その浪人とすれ違い、とぼとぼと夕闇の中へとけ込んで行った。

四

笹山伝五郎とすれ違った浪人は、堀小平次であった。伝五郎は編笠をぬいでいたし、小平次も何気なく歩いて来て、眼前に伝五郎を見たときは、全身の血が凍りつくかと思った。

(見られた!!)

逃げようにも逃げられぬ近間であった。

(いかぬ)

さっと、ななめ横に身を逸《そ》らしつつ、刀の柄《つか》に手をやりかけたが、

（おや……）

すたすたと、伝五郎は遠ざかって行くではないか……。

（伝五郎め、気がつかぬ）

嬉《うれ》しかった。

（よかった。おれは、あばた面になって、まことによかった）

笹山伝五郎は、まだ老いぼれて眼がかすんだというわけではない。

眼と眼を合せても、わからなかったのだ。

（もう大丈夫だ。これで、おれが両刀を捨てて町人姿になったら、もはや……）

もう絶対に見つけ出されないという自信を、堀小平次はもつことが出来た。

事実、近いうちに、小平次は武士をやめることになっていたのだ。上田の姉が、槌屋幸助を通じて、こんなことを言ってきたのである。

「お前さまも、もう顔つきが、まったく変ってしもうたということではあるし、いっそ、思いきって、両刀をお捨てなされ、何か小商《こあきな》いでもはじめたらいかがなものか？その決心がついたなら、商売をするための金は、こちらから出してもあげましょう」

これには、槌屋幸助も大賛成であった。

「旅から旅へ逃げまわるよりも、いっそ江戸へ腰を落ちつけなすった方が、かえって安全かも知れませぬ。いや、それにもう、あなたさまの顔を見つけ出すなどというこ

とは……大丈夫、この幸助がうけあいましょう」

永年、腰にさしつづけてきた両刀を捨てて、前だれ姿になり、客にぺこぺこ頭を下げて暮すなどということは、考えても見なかった堀小平次なのだが、そう言われて、

(よし、思いきって、そうするか)

決意をかためたのには、わけがある。

小平次に、恋人が出来たのだ。

もちろん、旅の空で行きずりのままに抱く女たちとは違う。

そのころ、堀小平次の江戸における住居は、日本橋新和泉町《しんいずみちょう》にあった。

ここに、豊島屋平七《としまやへいしち》という薬種店がある。

小石川にある豊島屋が本店で、そこから分れた、つまり支店のようなものだが〔家伝・痔《じ》の妙薬——黄金香〕という薬が評判をとり、なかなかよく売れる。

この豊島屋平七の家の離れに、堀小平次は暮していた。

すべて槌屋幸助の世話によるものであった。

豊島屋で暮すようになってから、小平次の痔病が、すっかり癒《なお》ってしまったので、

「幸助どの、よいところを見つけてくれた。おかげで、ほとんど尻《しり》の痛みもとれたし、出血もとまった」

小平次は、槌屋へ来て、こんなことを言い出した。

「永年、旅をつづけていると、どうも躯《からだ》にこたえる。おれも今年で四十三になってし

もうたよ。いいかげんに、このあたりで落ちつきたいものだ」

「そうなさいまし。もう、その、こう言っちゃア失礼でございますがね、あなたさまのお顔を見て、気づくものはありゃアしませぬ」

「それでだ」

「はあ⁉」

「妻をもらおうと思う」

「へえ……なるほど、それは知らなかった。心当りの人でもございますかね」

「ある‼」

「どなたで⁉」

「豊島屋の女房の妹だ」

「あ——あの、出戻りの……」

「子供が出来ぬというので三年も連れそったのに離別されたという、あのお新《しん》さんだ」

「へえ、へえ」

「とんでもない」

「何がで？」

「いや——子が出来ぬ女ではない。あれは、その向うの、前の亭主の方が悪いのだ」

「よく、そんなことがおわかりになりますね、旦那《だんな》に……」

「いまな、お新は、ちゃんと子をはらんでおる」

「へ……?」

「おれの子だよ」

こう言って、堀小平次は柄にもなく顔を赤くした。

あばた面だから赤くなると、かえって顔の色が、どす黒く見える。

「こりゃ、どうも……おどろきましたね」

「去年、久しぶりで江戸へ戻り、おぬしの世話で、豊島屋の離れに住むようになったとき、おぬしも知っての通り、おれは、この痔の痛みで居ても立ってもいられなかったものだ」

「なればこそ、ちょうど幸い、痔の妙薬の黄金香を売っている豊島屋が、私の古い友達ゆえ、あなたさまを……」

「うむ。それでだ。さすがに、豊島屋の薬はようきいた。その薬を、おれの尻に塗ってくれ、まめまめしく、おれを看病してくれたのが、お新さんだ」

「ほほう……」

「出戻りと言うても豊島屋の女房の妹だ。何も、そう働かぬでもよいのだが、まことによく出来た女じゃ。もう毎日毎日、女中と共に、朝早くから夜おそくまで、働きぬいておってな……」

働きもののお新のような女が、遊び好きの前の亭主には面白くなかったのかも知れない。

お新が、下谷《したや》の婚家先を追い出されたには、いろいろわけもあろうが、それにしても、堀小平次とお新が、病気の看病にことよせ、互いに情熱をかたむけ合うようになったのは、もう半年も前のことである。

「さようでしたか」

槌屋幸助は、一度見たことがあるむっちりと肉《しし》づきもゆたかな女盛りのお新の軀を思い浮べつつ、

（堀の旦那も、案外に手の早い……）と思った。

（あばた面）でも、もともと堀小平次は美男の方へ入るだけの顔だちをもっているのだし、心情もやさしいところがある。

永年、旅へ出て苦労もしているから、侍くさい固苦しいところがなく、気さくであった。

お新も、さびしい日を送っていたところだし、彼女の二十四歳の肉体に、小平次が火をつけるのに手間はかからなかったようだ。

美人というのではないが、唇のぽってりとした、肌の白いお新なのである。

「おれは、大小を捨てるよ」

小平次は、お新の肌の香に何もかもうめつくし、女にささやいたものだ。

「大小を……？」

「捨てて、町人になる。槌屋でも、そうすすめてくれておるのだ」

「まあ……」

「いかぬか……?」

「でも……そんな、もったいない……」

「何の、お前のためなら、どんなことでもするぞ」

中年になってからの恋だけに、小平次も熱の入れ方が違う。

若者の恋とは違う情熱なのだ。

女と共に落着いた家庭をもち、平和にこれからの余生を送りたいという熱望があるだけに、女の心も動かされ、それまでは、まさか小平次と夫婦になれようと思っていなかったお新は、

「嬉《うれ》しい、あたし……」

もう夢中になってきている。

豊島屋夫婦も二人のことを知っているらしいのだが、何も言わない。

出戻りのお新を、あわれに思っているらしい。

こうしたさなかに、堀小平次は、槌屋の近くで笹山伝五郎とすれ違ったのである。

(危い、危い……)

胸をなでおろすと同時に、

(大丈夫。見つからなんだわい)

自信が強くわき上ってきた。

年があけて、文政五年の正月から、小平次とお新は、深川八幡《ふかがわはちまん》近くへ、小間物屋の店をひらくことにきまった。

しかし、こうなっても、さすがに小平次は自分の身の上を打ちあけてはいない。

「越後浪人の熊川又十郎」だと、豊島屋にも、お新にも名のっていたのだ。

五

木枯《こがらし》が鳴っていた。

「それにしても、くれぐれも油断なきように……」

と姉は言ってきている。

感慨ふかいものがある。

何と言っても四十年もつづけてきた武士を捨てて小間物屋の主人になるというのだ。

物理学者が左官職人になるほどの転向と言えよう。

お新と二人で暮す家も見つかった。

明日から小平次は町人姿となり、お新と共に本所の小間物屋へ通い、商売の仕方を習うことになっている。

豊島屋夫婦も大よろこびであった。

「又十郎さまのおかげで、妹が、このように幸せになろうとは……」

豊島屋の女房はそう言って、感涙にむせんだものだ。

（もうすぐに、正月だなあ……）

その日——文政四年十二月十日の昼下りであった。

堀小平次は、槌屋幸助の店へ行き、上田から送ってきた金五十両を受けとり、新和泉町の豊島屋へ帰るところである。

「お前さまが、その気になってくれて、姉は何よりも嬉しく思います……」

金にそえて、姉の手紙もとどけられていた。

朝から、ひどく寒い日であったが、堀小平次の胸のうちは、あくまでも明るくふくらんでいる。

（いよいよ、明日からは、大小も捨て、髪をゆい直し、縞《しま》の着物に前かけをしめるのか……）

（そうだ。おれの首をねらう津山鉄之助がおるかぎり、気をひきしめていなくては……）

思うそばから、何、もう大丈夫という気持になってくる。

（いかぬ、気をゆるしては……第一、おれは三か月ほど前に、この江戸で、鉄之助の叔父《おじ》に行き合わしたではないか、鉄之助はいま、江戸におるのだ）

そのことは、槌屋幸助にだけは話しておいた。

幸助は、ややしばらく沈思していたが、

「これは……何でございまする。私がしゃべらぬかぎり、もう大丈夫と見てよろしいのではありませぬか」

と、言ってくれた。

旧知の笹山伝五郎が見ても、わからぬ小平次の〔あばた面〕なのだ。

「かえって、江戸にいた方がよろしゅうございましょう。向うの方でも、いつまで江戸を探しまわってもいられますまい」

「そうだな」

あとは槌屋方の店のものや下女たちの口からもれることだけを用心すればよい。

もちろん、年に一度か二度、槌屋をおとずれる浪人が、敵持ちの堀小平次だとは店のものも知らぬし、幸助の女房でさえ知らないのだ。

「あのお方は、私が伝馬町《てんまちょう》へ奉公をしていたとき、出入り先のお旗本の次男坊でいられたお方でな。いまは、わけあって家を出ておられるのだが……」

幸助は女房にもそう言ってあった。

「お新さんと世帯をおもちになったら、もう二度と、私方へはお見えにならぬ方がようございますよ」

と、槌屋は念をおした。

「わかっておる」

「私の方で、そちらへ、ときどきうかがいましょう」

「めんどうをかけたな、いろいろと……」

江戸橋をわたり、堀小平次は、堀江町と小網町の境いにある道を通り、親父橋《おやじばし》をわたった。

橋をわたり切ったところに、稲荷《いなり》の社《やしろ》がある。

橋の上に立つと、道をへだてて六軒町の長屋が見え、さらに眼を転ずると、鎧《よろい》の渡しのあたりで渡し舟が波の荒い川を、のろのろわたっているのも見えた。

人通りも、風がつよいので少なかった。

堀小平次は、橋をわたり、にこにこしながらなにげなく稲荷の社の前に行き、銭を賽銭《さいせん》箱に入れ、ぽんぽんと手をうちならし、頭を下げた。

心が爽快《そうかい》なので、ふっと、こんなまねをしてみたかったのであろうか。

「もし……」

このとき、小平次の背後に声があがった。

「………!?」

振り向くと、ぼてふりの魚屋らしい若い男が近づいて来た。

魚屋の顔は、まっ青になっていた。

(何だ!?　こいつ……)

小平次は、いぶかしげに、一歩近づき、

「何だ!?」

「あの——熊川又十郎様で！」

「さよう。いかにも熊川又十郎だが……」

思わず小平次がうなずくと、

「へえッ——」

魚屋が、横っ飛びに逃げた。

（や……！）

はっとした。

その堀小平次の横合いから、

「山本吉弥《きちや》だ!!」

ぱっと躍り出したものがある。

「何!!」

「父の敵《かたき》、熊川又十郎。覚悟しろ」

父の敵とよばれて愕然《がくぜん》とした小平次は、あわてて飛び退《さが》りつつ、

「な、何を言うかッ」

見ると、相手は若い浪人風の男であった。見おぼえは、全くない。

山本吉弥などという名にも、おぼえはない。

「覚悟!!」

若い浪人は両眼をつりあげ、蒼白《そうはく》となった顔をひきつらせ、

「おのれ、又十郎。亡父より奪いとった金道の脇差《わきざし》を、よくもぬけぬけと腰にしておったな!!」

と叫んだ。

人々の声が、ざわざわときこえた。

魚屋にたのみ、わざと声をかけさせたのも、この若い浪人に違いない。

六軒町の長屋の入口にある番屋から、番人が走り出て行った。役人にこのことを告げに行ったらしい。

「えい!!」

若い浪人の斬込みは、激しかった。

「あ……!」

小平次は、親父橋の上へ逃げ戻ったとき、

(そうだったのか。あの浪人は、あの熊川又十郎は、おれと同じ敵持ちだったのか……)

一瞬、電光のように感じたが、すでに遅かった。

「えい、やあ……」

躍り込んで来た若い武士の狂気じみた顔が、ぐーっと眼の前にせまってきて、

「あっ」

小平次も夢中で太刀を抜き合せたが、

「うわあ……」

顔と頭を、鉄棒か何かで力いっぱい撲《なぐ》りつけられたような衝撃で、眼の前が暗くなった。

「ち、違う……おれは違う。おれは、又十郎ではない……おれは、堀小平次と申すものだ……」

懸命に叫んだつもりだが、もう無駄であった。

たたみかけて振りおろす若い武士の刃は、ようしゃなく、橋板に倒れ伏した堀小平次を斬りに斬った。

越後・村上五万石の領主・内藤豊前守《ぶぜんのかみ》の家来、山本吉弥が、親父橋橋上において父の敵・熊川又十郎の首を討ち、首尾よく本懐をとげたという事件は、たちまちに江戸市中へ、ひろまって行った。

山本吉弥も、敵の顔を知らなかったのだ。

吉弥が三歳のときに、父親は熊川又十郎に斬殺《ざんさつ》されたもので、敵を討つまでに、二十年の歳月を経ているといううわさであった。

六年前に、堀小平次が、中仙道・今須の宿で、本物の熊川又十郎と泊りあわせなかったら、このようなまちがいもおこらなかったかも知れない。

小平次は、お新と共に、うまく津山鉄之助の追跡から逃れ切って、幸福な一生を終えたかも知れない。

「うちのお新がねえ、ほら、うちでお世話をしている御浪人の、熊川又十郎様と晴れて夫婦《めおと》になることになりましてねえ」

豊島屋の女房が、嬉《うれ》しさのあまり、近くの髪ゆいへ行ったとき、何気なく語ったのが運の尽きであった。

山本吉弥は、この髪ゆいの裏手の長屋に住んでいたのだ。

だが無理もない。豊島屋の女房は、堀小平次の身の上も知らず、あくまでも熊川又十郎という越後の浪人だとしか思ってはいなかったのであるから……。

山本吉弥は、よろこび勇んで、小平次の遺髪をふところに入れ、故郷へ帰って行った。

江戸の町奉行所でも、敵討ちの現場を取調べた結果、間違いなしということになったのである。

豊島屋夫婦も、お新も仰天した。

「又十郎さまが、敵持ちだとは……」

お新は、泣きくずれ、ついに失神した。

槌屋幸助だけは、つくづく嘆息して、

「こういうことも、あるものなのだなあ……」

上田の伊勢屋の御内儀を何となぐさめてよいのやら……と、幸助は困惑し切っていた。

この敵討ちのうわさは、浅草阿部川町の裏長屋にもきこえてきた。

「うらやましいのう」

笹山伝五郎は、ためいきをもらし、

「それに引きかえ、我々は、まだ敵の堀小平次を見つけ出せぬとは……」

「叔父《おじ》上。もう言うて下さるな」

津山鉄之助は、伝五郎の声をさえぎった。

まだ二十五歳だとは言え、鉄之助の顔には、敵を追いつづけて八年も旅の空に暮しつづけてきた疲労と悲哀がただよっている。

鉄之助は、あふれ出そうになる涙を、やっとこらえて、

「叔父上。明日から、また旅へ出ましょう。今度は奥州《おうしゅう》をまわってみたいと存じます」と言った。

出刃打お玉

一

その日、お玉《たま》の口あけの客になったのは、莫蓙《ござ》売りの正蔵《まさぞう》という若者であった。

もっとも、これは後になって朋輩《ほうばい》のおしんにきいたことで、

「あのござ売りは、よく、このあたりをまわっているのさ。でも、新前らしくて……」

新前らしくて「ござやござ。花ござにもんぜんござ。ござーや、花ござ」の呼び声もあげられず、天秤《てんびん》の両端につるした荷台の上につんだ莫蓙を担ぐ様子もたよりなげだという。

なるほど、そういわれれば、正蔵の頰骨の張って瘦《や》せた顔もまっ黒だったし、腕も脚もひと通りの陽灼《ひや》けではなかった。

正蔵が、お玉のいる店の前へ通りかかったのは、その日の八ッ半（午後三時）ごろで、真夏の空に、まだ陽の光がみなぎっていた。

このあたりは、俗に〔けころ〕とよばれる娼婦《しょうふ》をおいて客をよぶ店が軒をつらねており、上野山下から広小路《ひろこうじ》にかけ、九か所にわたって散在するこれらの娼家のうち、お玉の店〔みよしや〕があるのは本阿弥《ほんあみ》横丁といい、広小路の西側を、湯島天神道に沿って右へ入ったところにあった。

そのとき、お玉は昼寝からさめて表口の格子戸をあけ、小路を吹きぬけてくる風にあたっていた。

どこかで西瓜《すいか》売りの声が流れているのが、ぼんやりときこえるのみで、夏のこの時刻から女を買いにくるものもいないし、娼婦たちも夜にそなえ、ほとんどが、まだ眠りをむさぼっているのであろう。

人気のない小路へ、

「ああ……まだ暑いねえ」

つぶやきつつ、お玉が一歩出たときである。

汗じみた単衣《ひとえ》の裾《すそ》をまくり菅笠《すげがさ》と、何か細長い包みを手にした若い男が、ふらりと向い側の路地からあらわれ、お玉を見て、ぎょっとしたように立ちすくんだ。

ちらりと見返し〔旅の人か……〕と思ったが、そうでもないらしい。

一度は通りすぎたが、ふっと気づくと、その男が、少し離れたところで、まだ、こちらを見つめつづけているのだ。男の鼻の右わきに小豆粒《あずきつぶ》のような〔ほくろ〕があるのを、お玉は見た。

「何か、ご用かえ?」

お玉が声をかけると、男の躰《からだ》がぴくぴくとふるえるのだ。

朝顔をそめぬいた白地の単衣の胸もとがぐっとひろげられ、化粧もしない胸肌《むなはだ》が寝あぶらに光っているお玉の姿は、この商売《みち》へ入って二年になるというのに健康な女の血の色がみなぎっている。

「どうしたのさ？」

たたみかけて、一歩近づくと、男は飛び退《の》きながら、

「あの……」

と、蚊がなくようにいった。

「あの……あの、何だえ？」

「あの……遊ばせてくれるか、ね……」

お玉は、ふき出した。

「お前さん、こんなところには、はじめてなのかえ」

「うむ……」

「お前さん、名は何というのさ」

「ま、まさぞうと、いいます」

「じゃア正さん、早くさア……」

男の手をにぎると、むしろ血の気が引いて冷たく、その手はもう見ていてわかるほどに、ふるえが激しかった。

（この人、もしやすると、女もはじめてなのだろうよ）

そう思ったとたんに、お玉の全身が燃え上ったようになった。

ゆらい、娼婦が童貞をこのむこと、むかしも今も変りはない。ということは、お玉

も、この道の女になりきってしまっていたのであろう。

三年前までの彼女は、まったく違った商売をしていたものだ。それは何か……。この日の正蔵とお玉の出合いは必然、そのことにふれて行くことになろう。

さて――。

莫蓙売りの正蔵は、まさに童貞で、お玉は手をとり足をとり、懇切をきわめてもてなしたわけだが、そのもてなしように正蔵は感動の極に達したらしく、大きな双眸《め》をぎらぎらとさせ、

「こ、今夜は泊らせてもらいます」

と、いい出した。

泊りは二朱がきまりだが、正蔵は夕方から翌朝まで、お玉を買い切りにしたいというのだから、全部をふくめ二分に近い金がいる。物売り稼業の若者に、そんな金がある筈《はず》はないし、

「また来れば、いいじゃアないかえ」

帰そうとするや、正蔵は血相を変えて枕もとの細長い風呂敷《ふろしき》包みをほどきにかかった。そばからのぞいて見て、お玉が、ちょっと息をのんだのは、その包みの中に胴巻のほかに、脇差《わきざし》が入っていたからである。

正蔵は、すばやく脇差を包み直したが、胴巻はそのまま、お玉の前へ投げ出し、

「こ、これだけで足りますか」

と、叫んだ。

「見てもいいの？」

「い、いいとも」

胴巻の中は小判一両をふくめ、銭や小粒を合せ五両余も入っているではないか。

おどろきながらも、

「こんなには、いりませんよ」

というと、

「いいのだ。この金はもう、今夜のうちに、つかい果していいのだ」

「え……？」

「明日からのおれには、金も命も……」

いいかけた正蔵が狂暴といってもよい動作で、お玉を抱き倒した。

それから夜ふけまで、はじめて女体を知った男の、ぎごちないくせに、ひたむきな、しかも飽くことを知らぬ欲求ぶりには、お玉も瞠目《どうもく》をしたものだが……。

ついに疲れ果てて、泥のように眠りこんだ正蔵の傍《そば》に、お玉もようやく手足をのばすことが出来た。

軒で、風鈴が鳴っている。

障子をあけると、赤い月が空に浮いていた。

かたぶとりの引きしまった裸体を寝巻にくるみながら、お玉が、かすかな風にふかれていると、正蔵のうめき声がした。

正蔵は歯ぎしりをし、

「畜生……こわい。おれは、こわいのだよウ……」

はっきりした声でいった。うなされているのだ。

見ると、顔も躰も、びっしょりとあぶら汗にぬれていて、それからはしばらく、正蔵が、すさまじいうなされ方をした。

仕方なく寄り添い、しずかにゆり起し、

「どうしたのだえ、正蔵さん。しっかりおしな」

ささやきかけると、いきなり、正蔵がしがみついてきた。

「どうおしだえ。さっきから何やらわけがあると思っていたけれど……よかったら胸のうちをきかせてごらんな」

童貞をくれた男への何気ない好意でいったつもりなのだが、

「おれ、明日、親の敵《かたき》を討つのだ」

正蔵が自分の乳房へ顔をうめながら、たまりかねていったときには、お玉もさすがに声が出なかった。

二

莫蓙売りの正蔵は、信州・飯山《いいやま》藩の足軽で増田喜兵衛というものの一人息子である。

足軽といえば下級士卒ではあるけれども仲間《ちゅうげん》・小者《こもの》の上位にあり、苗字帯刀《みょうじたいとう》をゆるされた、いわば下士官のようなもので、増田喜兵衛は飯山城・三の丸外にある四つの足軽長屋の内の一つを宰領する〔小頭《こがしら》〕であった。

人柄も温厚だし、上役からの信頼も厚かった喜兵衛が斬殺《ざんさつ》されたのは、六年前の安《あん》永《えい》七年のことで、このとき正蔵は十五歳の少年であった。

すでに母のえつが病没してから十年になっていたが、父の喜兵衛は後妻も迎えず男手ひとつで正蔵を育ててきたのである。

こういう人物だから、増田喜兵衛は他人と争って殺されたのではない。

事件はつまらぬことから起った。

城下の上町に〔くらや〕作助というものがいて、これが喜兵衛の妻の縁類にあたる。〔くらや〕は名物の蕎麦《そば》と酒を売る店で、江戸から約七十里。雪もふかい山国の飯山二万石の城下町で町民が飲食をたのしむ店といえば、このようなものしかない。

雪もとけきった四月七日のその日、非番の増田喜兵衛は正蔵をともない、久しぶりで〔くらや〕を訪問し、奥の部屋で主人の作助夫婦のもてなしをうけた。別だんの用事はなく、久闊《きゅうかつ》をあたためるための訪問である。

夕暮れ近くなって、急に、店先で騒ぎが起った。

酒をのみに来ていた森藤十郎というものに、肴《さかな》町に住む西川順庵《じゅんあん》という医者が、つかみかかったのである。

森藤十郎は、飯山城下に南接する静間《しずま》村の郷士で去年、亡父・七之助の跡をついだのだが妻帯もせず、酒色を好んで評判が悪い。

藤十郎の祖先は、むかし上杉謙信につかえたもので、家柄もよく、耕地も小作におろして収入もかなりある筈なのだが、藤十郎は若いころから剣術の修業をするとかで江戸と飯山を何度も往復し、そのころおぼえた遊蕩《ゆうとう》の味が、まだ尾を引いていて、父親も、

「出来ることなら、むすめに聟《むこ》を迎えて家をつがせたい」

と、死の床にあって嘆きぬいたそうな。

森藤十郎が亡父と懇意だった西川順庵から金三十両を借りうけたのは、まだ家をつぐ前のことで、この借金の担保には自家の耕地をあてた。

藤十郎は、たくみな弁舌をふるい、長らく病床にある亡父の願いとして順庵から金を借り、証文も書いた。これが二年前のことだ。

借りた三十両は、江戸へ遊びに行って、きれいにつかい果たし、返済の期日が来ても返さない。

西川順庵が、家をついだ藤十郎を呼びつけ、いくらさいそくをしても埒《らち》があかぬ。

自分のむすめは城下の酒問屋・奈良屋仁右衛門方へ嫁入りさせることになっているし、その支度の金もいるので、順庵は執拗《しつよう》に返済を迫った。

「金を返さぬというのなら、田地をもらいうける」

順庵が、ふるえる手で証文を差しつけると、藤十郎は待っていたとばかり、いきなりその証文を引ったくって火鉢の中へくべてしまったというのだ。

だから、その日、西川順庵が〔くらや〕でのんでいた酒は苦くて哀しい酒だったのである。

藤十郎の亡父との交誼《こうぎ》をおもえばこそ、いままで奉行所へ届け出ることをしなかったのだが……それが悔まれてならない。証文が灰になってしまっては、どうにもならぬのは現代と同じことだ。〔くらや〕で酒をなめていた西川順庵は、入って来た森藤十郎を見て顔色を変えた。

藤十郎は、にやりと見返し、

「順庵どの。ごきげんはいかが？」

と、いったものである。

この一言で、順庵は頭に血がのぼった。

「よくも、おのれ……」

盃《さかずき》をとりあげかけた藤十郎へつかみかかり、二度も三度も土間へ投げつけられた。

ここへ、奥から主人と増田喜兵衛が、

「何の騒ぎじゃ」

と、あらわれた。正蔵も父のうしろから、この場の様子を見ていた。

順庵が泣き声をあげ、またも藤十郎にむしゃぶりつくと、

「何をするか？」

藤十郎は順庵の腕をつかみ、ねじりあげた。骨が折れる音と順庵の悲鳴が同時に起こった。

「待て！」

土間へ飛びおりた増田喜兵衛が森藤十郎の肩をつかみ、足ばらいをかけて倒し、

「御城下で、めったなことはゆるされませぬぞ」

といった、そのときである。

「くそ！」

はね起きた藤十郎が腰にさしていた脇差《わきざし》を抜き、獣のように突進して来た。

（まさか……）と、だれもが思っていたことで、藤十郎の刀身は鍔元《つばもと》近くまで喜兵衛の腹を突き通してしまった。

森藤十郎はこの場から夕闇にまぎれて逃走した。

しずかな飯山城下では、めずらしい事件であった。

喜兵衛の人望があつく、藤十郎の悪評は誰もが知っていたし、殿さまの本多豊後守《ぶんごのかみ》助受《すけつぐ》も、このことをきいて、

「藤十郎を追え」

藩士をくり出して追跡せしめたが、捕えることは出来なかった。

それから六年……。

増田正蔵は十七歳の春まで飯山にいて、藩士・河原数馬《かずま》から一刀流の剣術をまなび、それから敵討《かたきう》ちの旅へ発した。むろん藩庁からの〔免許状〕をたずさえた正式の敵討ちである。

諸国をまわり、つい半年前に五度目の江戸入りをした正蔵は、例によって物売りとなり、市中を歩いた。この方法が、もっとも効果的だと信じていたからである。

そして、今度は、ついに見つけた。

それは、つい十日前のことで、ござの荷を担ぎ、車坂から下谷《したや》坂本へ出た夕暮れどき、善性寺《ぜんしょうじ》門前の茶店から酒に酔った森藤十郎が出て来たのを見かけたのだ。

藤十郎は大小をぶちこんだ浪人姿で、これも浪人らしい二人づれと一緒である。後をつけると、入谷《いりや》村《むら》の感応寺《かんのうじ》という寺へ藤十郎は入った。間もなく連れの浪人たちが出て来て何処かへ去った。

それから、ずっと正蔵は見張りをつづけて、藤十郎が感応寺内の物置小屋のようなところに住んでいるのをつきとめたのである。

もう、いつでも踏みこめるわけなのだが……。

さて、思いきって出られない。

藤十郎、見るからに強そうなのである。

いま、増田正蔵が二十一歳だから藤十郎は三十をこえている筈《はず》であった。

眼光もするどいし、体軀《たいく》も堂々たるもので、肩をいからせ闊《かっ》歩《ぽ》するさまを何度も見かけているうちに、正蔵の心身はすくむばかりなのだ。

「けれど……」

と、正蔵はお玉にいった。

「いつまでも、こうしてはいられない。明日は父の命日だし、思いきって名乗りをかけるつもりです。だが……おそらく私は返り討ちにあってしまう。だから、もういらない。この金は、みんな、お前にやる」

お玉の肌身を抱きしめ、うわ言のように正蔵がいった。

「そうだったのかえ……」

お玉は、正蔵の耳もとへ唇をつけるようにして、

「この敵討ちは、どうしてもやらなくてはいけませんよ」

「そりゃ、やる。父の無念をおもえば黙ってはおられぬ。だが、返り討ち……」

「また……大丈夫でござんすよゥ」

「だめだ」

「いいえ、大丈夫。あたしがついています」

当時の敵討ちは、一種の法律の代行である。

たとえ、あやまちにしろ、正蔵の父を殺したとき、藤十郎は自害すべきが人道でもあるし武士道でもあった。江戸という他国にいる藤十郎を飯山藩が罰することは出来ぬ。

父の敵討ちと同時に、増田正蔵は飯山藩という自分の国の法を代行せねばならないのだともいえる。

夏の夜が白みかけたとき、

「寝つけなくても、いまのうちに、からだを少しでも休めておきなさいよ」

お玉は階下へ行き、台処《だいどころ》から小さなアジ切庖丁《ぼうちょう》を取って部屋に戻った。

三

翌、天明《てんめい》四年六月十日（現七月二十六日）の夕暮れに、増田正蔵は敵討ちの身支度をととのえ、入谷の感応寺へ向った。

昨夜［けころ］のお玉が「あたしがついていますよ」と、いってくれたけれども、口先だけのことだろうし、よしました、彼女がそばにいてくれたところで、どうにもなるものではないのだ。

しかし、お玉は朝のうちから広小路の呉服やへ出かけて行き、こまかい絣《かすり》の越後上布《えちごじょうふ》を半日のうちに仕立てさせた。

胸まで巻いた晒《さらし》もめんの上からこれを着せ、黒の博多帯をしめてやり、

「裾《すそ》をからげておはたらきなさいよ。はかまなんぞはいらないから……」

と、お玉はいった。正蔵は、自分も武士の端くれだからというので、袴《はかま》をつけたかったのだが、

「あんなものをつけていると、足にからんでうごけませんよ」

てきぱきと指図をし、お玉は、正蔵が住む松永町の長屋へも帰らせず、娼家《しょうか》の部屋で誰にも知られず支度をととのえてやった。

お玉に見送られて〔みよしや〕を出たのが七ッ（午後四時）すぎである。脇差の包みを抱えた正蔵は菅笠《すげがさ》をかぶり、素足にわらじばきであった。

上野から入谷は目と鼻の先だといってもよいが、感応寺門前へ着くまでの時間が、正蔵にとっては、まる一日もかかったような気がした。

寺の小坊主が出て来たので、それとなくきくと、まだ森藤十郎は帰っていないらしい。正蔵は寺の前の雑木林にしゃがみこんで時を待った。林の背後には入谷田圃《たんぼ》がひろがり、しきりに蛙が鳴いている。

昼すぎから陽は翳《かげ》っていた。

木立の間からのぞまれる感応寺の門をにらみつつ、正蔵は全身に、あぶら汗をかいていた。

怖かったが、それよりも森藤十郎によって非業の死をとげた父親への追慕のほうが激しい。

（たとえ一太刀でも……）

と、正蔵は捨てばちになっている。今日は藤十郎に殺されて、母のようにやさしかった亡父のそばへ行くより道はないと、おもいきわめていたのだ。

どれほどの時がたったろう……。

気がつくと、あたりが薄暗くなり、妙になまあたたかい風が流れはじめている。黒い雲が空をおおい、どこかで雷鳴がきこえた。

雨が、林の中にも落ちてきはじめたとき、

（来た！）

増田正蔵は戦慄《せんりつ》した。雑木林の向うに見える庚申堂《こうしんどう》が曲り角で、そのうしろから、森藤十郎が戻って来たのだ。

すでに脇差《わきざし》の包みはほどいてあった。

それをつかみ、正蔵は歯をむき出し、道へ飛び出した。

急ぎ足に来た藤十郎が、足をとめ、

「何だ、てめえは……」

「増田喜兵衛がせがれ、ま、ま、正蔵……」

名乗ったつもりだが、のどがひりついて声にならない。

正蔵は脇差を引きぬき、走り寄って斬りつけた。

「何をしゃアがる」

身をひねって、藤十郎は抜き打ちに正蔵を斬った。

「ああっ……」

頬からあごにかけて切り割られた正蔵が、叩《たた》きつけるように落ちて来た雨の中でよろめき、ふらりと倒れた。正蔵は、もう駄目だとおもい、目の中が暗くなった。

あたりに人気《ひとけ》はない。

「てめえ、喜兵衛のせがれか……」

森藤十郎が鬼のような顔つきになり、肉薄して来た。

正蔵、逃げた。

「野郎！」

藤十郎は、もう自信まんまんといったところで、逃げる正蔵の背へ、浅く、もう一太刀をあびせる。

「あっ、畜生」

ふり向いて、正蔵は、めちゃくちゃに刀を振りまわした。あとは、もうわからぬ。

雨の幕を切り裂いて庚申堂の中から矢のように飛んで来たアジ切庖丁が、ふかぶかと森藤十郎の右眼に突き立ったことも知らぬ。

気がつくと、藤十郎が道に倒れていた。

正蔵は、その上へのしかかり、脇差を敵の腹へ突き通していたのだ。

「やんなすったね」

うしろから声がかかった。

「あ……お玉、さん……」

「よかった、おめでとう」

お玉が、藤十郎の右眼に、まだ突き立っているアジ切庖丁を引きぬき、
「このことは黙っておいでなさいよ」
いい捨てるや、白くけむる雨へ溶けこむように走り去った。
感応寺から出て来た僧が、血だるまのようになって立ちすくんでいる増田正蔵と、森藤十郎の死体を見て、腰をぬかした。

四

三年前までのお玉は、軽業女太夫《かるわざおんなだゆう》の玉本小新《こしん》一座にいた。軽業曲芸を見せるこの一座の本拠は大坂であるが、四年前の安永九年十月、江戸へはじめて下り、日本橋・葺《ふき》屋町河岸《やちようがし》の兵四郎座で興行をし、大好評のため、翌天明元年の正月いっぱいを打ちつづけたものだ。

座頭の玉本小新は三十をこえた大年増ながら〔……日々栄当《えいとう》の大入りは、まったく小新が美しきかんばせに色気をふくみしゆえなり〕などと、当時の雑書に出ているところから見ると、芸もよく容姿もすぐれていたらしい。

小新の曲芸は綱渡りの手鞠《てまり》あそびから、舞台天井より下がった大竹にぶらさがっての笛吹きやら、道成寺鐘《どうじようじかね》入りなど多彩をきわめた。

さて、お玉の芸は出刃打ちで、これは同じ一座にいた父親・玉本音次郎ゆずりのものだ。

若衆まげに、紫の小袖《こそで》、繻子袴《しゆすばかま》といった男装で、お玉は出刃打ちを見せた。化粧もせぬ小麦色の腕も、笑うたびに唇からこぼれる健康そのもののような白い歯ならびも、お玉の男装をいっそう効果的にし、見物も、はじめは、お玉を女とは思わなかったという。

戸板を背にした美少女に向って出刃を打ちこむのは、誰もよく知っているところだが、そのほかにも、玉本小新が綱渡りをしながら次々に宙へ飛ばす木の盆を、花道に立ったお玉が出刃で打ちとめるあざやかさには、颯爽《さつそう》たる彼女の挙止とあいまって、見物をわかせた。

「去年死んだ音次郎にはまだ及ばないが、それでも、お玉は、どうやら一人前になったようだね」

と、玉本小新がもらしたそうである。

お玉が、約四か月の興行を終えて大坂へ帰る一座と行を共にせず、行方不明になってしまったのは、男が出来たからだ。

この男、水がたれるような美男だが、裏を返せば煮てもやいても食えぬやつで、本郷から根津《ねづ》一帯に知られた顔役、三ノ松の平十の片腕といわれた〔どんでん〕の新助という男であった。

何しろ土地《ところ》の娼家から香具師《やし》の元締までしている三ノ松平十の片腕というのだから、江戸の暗黒街でも相当なやつにちがいなかった。

もっとも、そんなことを知っているのは悪いやつらばかりで、新助が、どこかの商家の若旦那《わかだんな》といった姿をし、惜しげもなく金をまいて楽屋うちへつけとどけをするものだから、

「すまないが、一晩だけ、お玉ちゃんを……」

と、たのまれれば、女座頭玉本小新としても、ことわるわけにはいかぬ。

お玉だって、こんなことは数回、経験をしているし、しかも新助のような美男に抱かれるのは厭《いや》でもない。

深川の船宿で一夜を共にしたが、とたんにもう、お玉は新助から離れられなくなってしまった。

〔どんでん〕新助がお玉の女体へあたえた魔力には底知れぬものがあったようだし、新助は新助で、

「とんだ掘り出しもので、一晩かぎりじゃア手ばなせねえ。仕こんだら、たまらねえしろものになるぜ」

本郷へ帰って来て、乾児《こぶん》どもにいった。

芝・神明前の筆問屋〔丁字や《ちょうじ》〕の若旦那惣七《そうしち》というふれこみで、新助はお玉に性欲の底のふかさをとことんまで教えこんだ。

そして、お玉は千秋楽の夜に姿をくらましたのである。

玉本一座もそれと察して、神明前の〔丁字や〕をさがしたが、そんな店があるもの

ではない。お玉だって〔丁字や〕の若旦那の女房になれると思いこんでいたのである。

それからの、お玉がたどった道を、いちいちのべるにもおよぶまい。

彼女が〔どんでん〕新助の手からのがれることを得たのは、新助が労咳《ろうがい》で病死をしてからである。

お玉は、新助の巧妙な愛撫《あいぶ》には歓喜したが、新助にあやつられ、別の男の手に抱かれて、強請《ゆすり》恐喝の道具になるのはたまらないことであった。

だが、死なれて見ると肌さびしくてたまらぬ。

三ノ松の親分も、

「これでもう、お前も好きにしねえ」

といってくれたし、帰ろうと思えば大坂へも帰れたのだが……。

そのときのお玉は、もう男の肌の香を嗅《か》がなくては一夜も送れぬような女になってしまっていたのだ。

思いきって上野山下の〔けころ〕になった。

店を二つほど変え、いまの〔みよしや〕へ来てから、居心地がよいので一年も暮らしている。

そこへ、増田正蔵があらわれたということになる。

正蔵の敵討《かたきう》ちは、むろん江戸市中の評判となったが〔みよしや〕の娼婦《しょうふ》たちは、まさか、お玉の客になった莫蓙《ござ》売りだと思っても見ないし、お玉が、その場で助太刀をしたことも世上にもれなかったのは、正蔵がお玉のいいつけ通りにしたものと思われる。手柄は正蔵ひとりのものとなったわけだ。

奉行所への届出もすみ、増田正蔵は飯山藩の江戸屋敷へ引き取られ、やがて、国もとへ送られたということを、お玉も、うわさにきいた。

それから何年もの間、お玉は夜毎に変わる男の肌を抱きつつ、

(あのひとは、もうお嫁さんをもらったろうか……)

何となく、ほんのりと、たのしかった。

少女のころから死んだ父親に叩《たた》きこまれた出刃打ちの芸が見事に役立ってくれたのも、彼女にとっては生涯の愉快であったろう。

あのとき、正蔵の後をつけ、庚申堂《こうしんどう》にかくれて森藤十郎を待ち、二人の争闘の間をねらい、アジ切庖丁《ぼうちょう》で狙いをつけたとき、出刃の重さにくらべてたよりないアジ切のかるさに、

(うまく行ってくれますよう……)

必死に祈りをこめ、投げ打ったのが狙い通り、藤十郎の右眼に突き立ったときの、筆舌につくしがたい歓喜は、いったいどういう性質のものなのであろう。

あのときの、お玉の五体をつらぬいた感動は、いつまでも消えなかった。

「いやだぜ、お前……ひょいと思い出し笑いなぞをして……」

などと、よく客からいわれたものだ。

お玉が、増田正蔵に、ひそかなる〔助太刀〕をしたのは、二十四歳のときだが、それから二十年も彼女は客をとっていた。しかし年齢《とし》をとるにつれて、はたらく場所が悪くなったのは仕方もないことだったろう。

五

お玉は五十五歳になっていた。むろん客をとるわけにも行かず、すっかり痩《や》せこけて躰《からだ》が一まわりも二まわりも小さくなり、持病もいくつかもち、まさに老残の姿を生きつづけていた。

上野の池の端仲町の一角に〔よし本《もと》〕という水茶屋があって、女主人のおろくは兼業で金貸しもやっている強《したた》かものだが、実はこの〔よし本〕も水茶屋の裏側で特殊な客に特殊な女を提供している。

つまり生計のため仕方なく肌を売る素人女を客に出すのだ。水仕事に手の荒れた人妻もいるし、貧乏浪人のむすめも、飯やの小女までいて、客商売に肌の荒れていない新鮮さが売りものだから、金もかかるが当り前の遊びにあきた客が後を絶たず、客すじには〔これは――〕とおどろくほどのものもある。いうまでもなく、これらの〔隠れ売春〕に対しての取締りはきびしいのだが、おろくは、もう十余年も商売をつづけているのだ。

お玉が、この〔よし本〕の老婢《ろうひ》になったのは五年前のことで、いまは主人のおろくとは〔けころ〕時代の朋輩《ほうばい》であった。同じ年ごろながら、おろくのほうは毎日の美食で血色のよい小肥《こぶと》りの肌はつやつやとしており、破《や》れ雑巾《ぞうきん》のようなお玉にくらべると十も年下に見える。

むかしの仲間からあごでこき使われ、へえへえと病む躰に鞭《むち》をうってはたらかねばならぬのも、お玉、もう行きどころがないからである。

文化十二年二月末の或《あ》る日のことであった。

その日の昼前から〔よし本〕へ女が来ている。

女といっても十五か六で顔も躰も硬く、青い木の実のような少女であった。

「おかみさん、あの子がお客をとるので？」

台処を這《は》いまわりながら掃除をしていたお玉が、小廊下を通りかかったおろくにきくと、

「あ、そうともさ」

事もなげに、おろくは、

「あの子はね、本所《ほんじょ》三ツ目にいる流し按摩《あんま》のむすめなんだが……両親《ふたおや》ともに病気で寝込み、子ども四人をかかえてどうにもならねえのだそうな。そこでほれ、阿部川《あべかわ》町の〔ふきぬけや〕が世話してよこしたのさ」

「へえ……」

と、お玉は、二階の小座敷で全身を硬張《こわば》らせ、青い顔をうつ向けたまま、じいっと

客を待っている少女の姿をおもい浮かべながら、

「それで、あの子の客は、どんなお人なので？」

「それがさ」

おろくはにやりとして、

「どこぞの御大名の御家中だとかで大そう羽ぶりのいいおさむらいだとさ。あんな小むすめに三両もはずもうというおひとさ。しかも五十の坂をこえた狒々爺《ひひじじい》で、うちへは初めてだが、〔ふきぬけや〕のはなしによると、女遊びのあくどさにかけちゃア、ちょいと類のねえおさむらいだそうな」

「いやでござんすねえ」

「何をいってるんだ、お前が抱かれるわけじゃアねえ。ふふん、もっとも、腰がまがったお前の、その格好を見ちゃア、広徳寺前に並んでいる乞食どもだって二の足をふむだろうよ」

お玉は黙った。

おろくの辛辣《しんらつ》な毒口には、もう馴《な》れきっている。

お玉のほかに、もう一人いる年増女中が酒の肴《さかな》を仕入れて戻って来た。

その女中と、おろくに追いまわされ、昼飯も食べずに、お玉は酒肴《しゅこう》の支度にはたらいた。

昼すぎ、客の武士がやって来た。

供もなく、深編笠《ふかあみがさ》に顔をかくしたまま入って来、浅草・阿部川町の小料理屋〔ふきぬけや〕の亭主から受けとった合図の元結《もとゆい》を迎えに出たお玉にわたす。この元結は輪になっており、二か所が墨でそめられている。まちがいもなく二階の少女の客であった。

お玉は、すぐに、おろくへ取り次ぎ、そのまま台処で酒の燗《かん》にかかった。

けたたましいほどの愛想笑いをふりまくおろくの声にこたえて、

「ふむ、そうか。おりゃな、このごろはもう何をやっても面白うない。遊び飽いてな。そうか、そのように若い、ふむ、なるほど……」

あとは、いやらしい笑いを臆面《おくめん》もなくたてて、台処から見える小廊下から階段をのぼりかけた武士の横顔を何気なく見やり、

〔あ……〕

あぶなく、お玉は声をたてるところであった。

むかしとちがい、あぶらぎって肥えたるんだ顔貌《がんぼう》ながら、忘れようもない増田正蔵なのである。

鼻の右わきの〔ほくろ〕が、何よりもまずお玉の目の中へ飛びこんで来た。

（へへえ……）

亡父の敵討ちをとげた正蔵が本多家のほまれとされ、殿さまの御意にかない、飯山藩へ戻ってからは、とんとん拍子に出世をしたことなど、まったく、お玉は知らなか

った。また知らなくて当然なのである。

増田正蔵は、このとき五十二歳。六年も前から江戸屋敷勤務となり〔定府《じょうふ》取次役〕をつとめ禄高《ろくだか》も百八十石余、妻もあり、子も四人いた。

それから、およそ一刻（二時間）――お玉は台処にいて、二階の気配に耳をすませた。

少女のむせび泣く声がきこえ、正蔵の高笑いもきこえた。

「まったく、おさむらいがきいてあきれる。どうだえ、あの笑い声は……まるで、けだものだよ」

と、さすがに、おろくも舌うちをもらした。

やがて、金を受けとったおろくと共に、客が下りて来た。

「ふむ、あれはよい、よいぞ、うむ……またな、ああいうのをたのむ」

お玉は、正蔵の濁った声をききつつ、裏口から外へ出た。露地をぬけ、不忍《しのばず》池畔の道へ出ると、すぐに編笠をかぶった正蔵があらわれた。

お玉は近よりざま「もし……」と、声をかけ、編笠の中をのぞきこみ、

「お忘れでございますか？」

と、いった。

あきらかに、増田正蔵の面に驚愕《きょうがく》の色がはしった。

「けころのお玉でございますよ」

「このごろは、まあ、えらい御出世だそうで——やっぱり敵討ちをしておいて、ようござんしたねえ」

「知らん、知らん」

「まあ、笠をおとりなさいまし、青くさい小むすめのはだかをお抱きになるときにゃア、まさか笠かぶりのまんまじゃございますまい」

「黙れ！」

「ふん。むかしは私のおっぱいに顔をうめて、こわいこわいといったくせに……」

「おのれ！」

お玉は目がくらんで道に倒れた。思いきり顔をなぐられたのである。

駈《か》けるように遠ざかる増田正蔵の後姿を見つめつつ、

（女もそうだが……男の変りようもひどいもんだ）

人だかりの好奇な視線をあびながら〔よし本〕へ戻ると、正蔵が、よほどひどいまねをしたらしく、少女は下半身を血だらけにして気をうしない、二階で手当をうけていた。

それから七日後の午後——。

西の丸下の本多豊後守《ぶんごのかみ》江戸屋敷を出た増田正蔵が、芝・増上寺内威徳院《いとくいん》へ向う途中、愛宕下《あたごした》へさしかかった。この日は公用だから、正蔵のまわりには四人の家来・小者がつきそっていたのだが……。

「知らん。ぶ、無礼な……」

ちょうど青松寺《せいしょうじ》の外塀のあたりへ来たとき、

「あっ……」

正蔵が悲鳴をあげて、よろめいた。

どこから飛んで来たものか、正蔵の右眼にふかぶかと突き刺さったふとい畳針は、家来が二人がかりでも引きぬくのに骨が折れたほどである。

たちまち、大さわぎとなった。

町方も出役したが、ついに犯人は見つからない。

藩邸へ運ばれた正蔵は、もちろん右眼失明となったばかりか、発熱がひどく命も危なかったという。

お玉が、台処の棚にのせておいた畳針一つを持って〔よし本〕から姿を消したのは、この日の三日前のことだ。この畳針は、仕事に来た畳やが置き忘れて行ったものである。おろくも別の女中も、畳針のことなどを知るわけもなく、

「どこへ行っちまったんだろう。何をこのんで野たれ死にをしたいのか……まったく、お玉の婆《ばば》アの気が知れないよ」

「なあに、また帰って来ますよ」

などと、いっていた。

余談になるが……。

右眼失明の後の増田正蔵礼元《のりもと》は、人が変ったように、温厚篤実な人柄となり、七十

二歳まで長生きをしたという。
その後の、お玉の行く方は、まったく知れなかった。

解説

本書のテーマは「仇討ち」である。

日本史上で有名な三大仇討ちとして知られるものに曾我《そが》兄弟富士の裾野《すその》の仇討ち、荒木又右衛門《またえもん》鍵屋《かぎや》の辻《つじ》の仇討ち、赤穂《あこう》浪士吉良《きら》邸討入りの三大仇討ち事件があるが、明治六年（一八七三）二月七日の太政官布告第三十七号で仇討ちが禁止されるという、所謂《いわゆる》、仇討禁止令が発布されるまで、日本では数々の仇討ち事件が行われていたのである。

徳川時代以前にも、もちろん、仇討ちは行われていただろうが、とくに徳川封建期に入って仇討ち事件が目立って数多く発生しているというのも面白い。それだけ仇討ちに関する記録〈公私ともに〉というものが完備してきたということもその一因だろうが、多分に封建という政治機構が生んだ結果に因《よ》るとも思われる。このことについて、

『――だからA大名の領国とB大名の領国とでは、法律も制度もそれぞれにちがう。／ということは、A領内で殺人を犯しても、B領内へ逃げこんでしまえば、すでにそこはA領内をおさめるA大名の法律も政治も、ちからをうしなってしまうこ

とになる。／敵討ち（かたき討ち）の制度は、ここに生まれた。／殺された者の肉親が犯人を追って行き、直接に罰を加えるのである』〈池波正太郎「仇討ち」（毎日新聞社版）所収「あとがき」より〉云々《うんぬん》と著者自身のべているのも、仇討ちというものの手ぎわのいい解釈として注目される。

考えてみると、封建時代に生きていたひとりの侍階級に属していた人間が、自分では思いもしなかった仇討ちという異常事態の当事者となった場合、いかにそれが苛酷《かこく》な運命であっても甘受しなければならぬ〈つまり、逃走した仇敵《かたき》を追って郷国を出立しなければならないという〉侍階級の掟《おきて》の厳しさである。そういう例は、本書収録の作中に活写されている。

『半介は当時十八歳。好むと好まざるとにかかわらず、父の無念をはらさなくては、夏目家の存続は不可能である。それが武家のおきてだ。半介は、若党の木村百次郎に付き添われ、かたき討ちの旅に出発した』〈第一話「うんぷてんぷ」〉と描かれるような按配《あんばい》である。こうした封建期の侍階級の間に流れていた人間感情などというものは、およそ現代人の端倪《たんげい》を許さぬものであり、現代人の感覚では到底つかみきれないものがあるのだ。従ってそれだけに小説上に描かれる仇討ちというものの面白さには尽きぬものがあるということでもある。

仇討ちという非情な運命に際会せざるをえなかった当事者〈討つほうも討たれるほ

うも〉の幾変転もする身辺の環境、つまり、仇討ちを目的として続けねばならぬ旅の空で、何が起こるか分らないというような事態は、正に小説として描くテーマとしては格好のものがあるということが、昔から文芸の世界〈江戸時代の浄瑠璃《じようるり》、戯作《げさく》も含めて〉では「仇討ち」テーマは、好んで取り扱われることの多い分野になっている。仇討ちテーマの作品を発表している作家として、大正時代では、菊池寛《かん》に「敵討以上」〈大正九年〉、「仇討三態」〈大正十年〉などの作品があり、直木三十五《さんじゆうご》に「仇討十種」〈大正十三年〉があるというふうに、菊池寛や直木三十五は、仇討ち小説の佳品のかずかずを生んでいる。昭和に入ってからも、大衆文学〈時代小説〉では、数々の仇討ち小説が書かれているが、その最高峰は、何といっても長谷川伸《しん》の「日本敵討ち異相」〈昭和三十六年〉であろう。長谷川伸にはこの他にも、小説に戯曲にと仇討ちを扱った佳品が多くあるが、その創作伝統というものが、長谷川伸を師とする池波正太郎によって引き継がれていることは、たとえば、本書などの優れた仇討ち小説の作品集を見れば一目瞭然《りようぜん》たるところであり、ここにも文学上の師弟関係というものの妙味を感得させせられるのである。

本書に収められた「仇討ち」を主題とする八編の作品は、第一話「うんぷてんぷ」〈昭和三十五年（一九六〇）九月、「オール讀物」〉から、第二話「仇討ち七之助」〈昭和四十二年十二月「週刊サンケイ」〉、第六話「熊田十兵衛の仇討ち」〈昭和四十二年五月

「推理ストーリー」〉、第八話「出刃打お玉」〈昭和四十一年三月「小説現代」〉までの四十年代までに初出発表された池波作品である。ちょうどこの時期は、昭和三十五年に第四十三回〈昭和三十五年上半期〉直木賞を秀作短編「錯乱」で受賞し、時代小説作家として活発な創作活動が始まっていた頃にあたっている。数多くの池波作品中において、この三十年代から四十年代にかけての間に、仇討ち小説が沢山書かれているという作品傾向にも注目させられるものがある。すなわち、物語構成に並々ならぬ趣向を凝らす必要のある難しい仇討ち小説というものが好んで書かれているというところにも、著者のストーリーテラーとしての秀れた資質を知らされるのである。

現在の池波作品の代表的連作長編として、「鬼平犯科帳」「剣客商売」「仕掛人・藤枝梅安」の三大シリーズがあるが、ここで大へん興味深く感じられることは、「仕掛人・藤枝梅安」シリーズ中の作品である「殺しの四人」によって昭和四十七年（一九七二）度の「小説現代読者賞」を受賞。同じく「春雪仕掛針」によって四十八年度同賞受賞。さらに同じく「梅安最合傘」によって五十年度同賞受賞と、読者の投票によって与えられる「小説現代読者賞」を連続的に三度も受賞の栄に輝いているということは、いかに池波作品に対する読者の支持に根強いものがあるか、つまり、いかに池波作品が読者に受けているかということを如実に証明するものである。これを言いかえると、面白い小説、真によくできた小説〈起承転結に遺憾《いかん》のない〉としての条件をかねそなえたものがいかに池波作品にあるかということをも証明するものである。こうした秀逸な作家活動に対して、本年〈昭和五十二年（一九七七）〉四月には第十一回吉川英治文学賞を受賞したことも、いっそう池波作品の真価を高めるものであるし、そういう現在の優れた創作活動にいたるプロセスとして、本書に見られる三十年代から四十年代にかけて書かれた「仇討ち」小説の数々を現時点において鑑賞する興趣には大きなものがあると言ってよいだろう。

さて、話を仇討ちに戻して。

一例として第六話「熊田十兵衛の仇討ち」では、皮肉な仇討ちが描かれている。播《ばん》州《しゅう》竜野《たつの》藩士の熊田十兵衛は、仇敵《きゅうてき》の山口小助を追ってすでに七年の歳月を旅の空でおくっているが、不運なことに十兵衛は眼病をわずらい行動も儘《まま》ならない間に、仇敵の山口小助のほうはつまらぬ出来事が因《もと》で中山峠で盗賊に殺され穴に埋められてしまっている。そんな不幸な出来事ののち、さらに十五年の歳月が経過するが、ということは、この仇討ちは山口小助がすでに他人に殺されているために、どんなに十兵衛が頑張っても成立しないものである。そんな悲痛な、そして非情な仇討ち一件であるだけに、ラストの結びの文章が一段と鮮烈な印象を読者に与える。このような皮肉な経過を辿《たど》る仇討ちは、そのまま人間というものの持って生まれた運命というものを表徴するものと言ってよかろう。仇討ち成就して郷国に帰参し再び召抱えられる幸運な侍もあれば〈第一話「うんぷてんぷ」の夏目半介など〉、不運な熊田十兵衛もあるというところに、仇討ち譚《たん》の面白さがある。

仇討ちというのは、一面では私讐《ししゆう》である以上、これを野放しにするわけにはいかず、江戸幕府において一定の制限を設け、それに抵触しないものが公許された仇討ちとして成立している。どんな制限手続かというと、まず、「仇討ちには公許が必要であること〈藩主の許可を受けてのちに仇敵のあとを追う〉」とか、「討っ手は殺された者より年下の者に限る〈だから父や兄が殺害されれば、その子や弟は仇討ちに出られるが、その逆の場合、すなわち、子が殺されたのでその父が仇討ちに出るということは許されない〉」等々の条件が作られたのである。又、仇敵を発見しぶじこれを討ちはたすことができた場合はいいが、反対に仇敵のほうが強くて討っ手のほうが討たれてしまうという返り討ちの場合〈史上有名な返り討ちの悲劇に「崇禅寺《そうぜんじ》馬場の仇討ち」がある〉もあるという具合に、仇討ちにまつわる話には種々の変化があって興味深いものがあるが、そうした興趣に充ちたテーマの幾つかを、本書の八編の仇討ち小説として完成している著者の小説作法のうまさを鑑賞できる楽しみには大きなものがある。

なお、第八話「出刃打お玉」は著者自身の脚色・演出で劇化され、尾上梅幸、中村又五郎の主演により、五十二年二月の東京歌舞伎座の舞台で上演されていることも付記しておこう。

武蔵野　次郎

本書中には、今日の人権擁護の見地に照らして、不適切と思われる語句や表現がありますが、著者自身に差別的意図はなく、また著者が故人であること、作品自体の文学性・芸術性を考え合わせ、原文のままとしました。

仇《あだ》討《う》ち

池《いけ》波《なみ》正《しよう》太《た》郎《ろう》

昭和52年 10月20日　初版発行
平成19年 8月25日　改版初版発行
令和6年 12月15日　改版8版発行

発行者●山下直久

発行●株式会社KADOKAWA
〒102-8177　東京都千代田区富士見2-13-3
電話　0570-002-301（ナビダイヤル）

角川文庫 14800

印刷所●株式会社KADOKAWA
製本所●株式会社KADOKAWA

表紙画●和田三造

●お問い合わせ
https://www.kadokawa.co.jp/（「お問い合わせ」へお進みください）
※内容によっては、お答えできない場合があります。
※サポートは日本国内のみとさせていただきます。
※Japanese text only

ISBN978-4-04-132339-7　C0193

角川文庫発刊に際して

角川源義

第二次世界大戦の敗北は、軍事力の敗北であった以上に、私たちの若い文化力の敗退であった。私たちの文化が戦争に対して如何に無力であり、単なるあだ花に過ぎなかったかを、私たちは身を以て体験し痛感した。西洋近代文化の摂取にとって、明治以後八十年の歳月は決して短かすぎたとは言えない。にもかかわらず、近代文化の伝統を確立し、自由な批判と柔軟な良識に富む文化層として自らを形成することに私たちは失敗して来た。そしてこれは、各層への文化の普及滲透を任務とする出版人の責任でもあった。

一九四五年以来、私たちは再び振出しに戻り、第一歩から踏み出すことを余儀なくされた。これは大きな不幸ではあるが、反面、これまでの混沌・未熟・歪曲の中にあった我が国の文化に秩序と確たる基礎を齎らすためには絶好の機会でもある。角川書店は、このような祖国の文化的危機にあたり、微力をも顧みず再建の礎石たるべき抱負と決意とをもって出発したが、ここに創立以来の念願を果すべく角川文庫を発刊する。これまで刊行されたあらゆる全集叢書文庫類の長所と短所とを検討し、古今東西の不朽の典籍を、良心的編集のもとに、廉価に、そして書架にふさわしい美本として、多くのひとびとに提供しようとする。しかし私たちは徒らに百科全書的な知識のジレッタントを作ることを目的とせず、あくまで祖国の文化に秩序と再建への道を示し、この文庫を角川書店の栄ある事業として、今後永久に継続発展せしめ、学芸と教養との殿堂として大成せんことを期したい。多くの読書子の愛情ある忠言と支持とによって、この希望と抱負とを完遂せしめられんことを願う。

一九四九年五月三日